D E A R + N O V E L

恋の押し出し

久我有加
Arika KUGA

新書館ディアプラス文庫

S H I N S H O K A N

恋の押し出し

目次

イラストレーション／カキネ

恋の押し出し

人間誰しも、好みというものがある。

もちろん、人の顔にも好みが存在する。面食《めんく》い云々《うんぬん》以前に、どんなに整っていても嫌悪を覚える顔もあれば、全く整っていなくても好感を持つ顔もある。

けど、俺のこの場合はどうなんだ。

真木達弘《まきたつひろ》は斜め前、端の方に座っている人物の顔をまじまじと見つめた。

キリリとした印象の眉。眦《まなじり》の切れ上がったすっきりした双眸《そうぼう》。鼻筋は隆《たか》くもなく低くもないが、スッと通っている。唇は幾分《いくぶん》か薄めだけれど形は良い。それらのパーツがシャープな輪郭《りんかく》の中に整然と収まっている。

間違いなく美形の部類に入る顔だ。もっといえば、達弘にとってドストライクの顔である。

その証拠に目をそらせない。安くて旨《うま》いと評判の庶民《しょみん》的な居酒屋にあっても、一際《ひときわ》輝いて見える。もともとあまりアルコールに強くないので、チューハイを一杯頼んだ後はウーロン茶しか飲んでいない。だから目の錯覚ではないと断言できる。

こんなに好みの顔をこの世に生み出してくれた見知らぬお母さん、ありがとう！　今日の合コンに俺を誘ってくれた岸谷《きしたに》、ありがとう！　と叫びたいほど好みだ。

そう、今は合コンの真っ最中である。いつもの達弘なら、人を押《お》し退《の》けてでも好みの顔の持ち主の隣に座っている。特に肉食系というわけではないが、これ以上好みの顔立ちは世の中に二つとないだろうと思われる顔が目の前に存在しているのだ。のほほんと草を食《は》んでいられる男がいたらお目にかかりたい。

しかし達弘は、ただ見つめるばかりで動けなかった。

だって、どこからどう見ても男だし！

短髪なのはいい。すっきりとした面立《おもだ》ちによく似合っている。が、彼はそこそこ長身のようだ。加えて肘《ひじ》までめくられたシャツの袖《そで》から覗く腕は筋肉質である。世間でいうところの細マッチョだ。

キリッとした顔が好みだという自覚はある。「カワイイ」より「キレイ」が好きだ。背も低いより高い方がいい。

性格にしても、女であることを前面に押し出して媚《こ》びてくる子より、さっぱりした明るい子の方が好きだ。東京の大学ではなく、父の故郷である大阪の大学を受験したのも、大阪で暮らしている祖母や伯母《おば》、従姉妹《いとこ》たちのあけっぴろげな物言いが好ましかったからに他ならない。

半年前に大学に入学し、男に引けをとらないツッコミをする女子学生たちを目《ま》の当たりにして、関西の女の子はやっぱりいいなあと嬉しくなった。

けど、いくら何でも男はないわー……。

頭ではそう思うのに、心はすげぇ好みだ！　と主張する。

何だこれ。どうすりゃいいんだ。

「おい。おい、真木」

肩を強めに叩かれ、ようやく男から視線をはずす。

振り向くと、大学の友人で、この合コンの幹事である岸谷が、思い切り顔をしかめてこちらを見ていた。

「ああ、何?」

「何、やないわ。何やねん、泉田《いずみだ》ばっかり見て。おまえ泉田と知り合いか?」

岸谷の問いに、いや、と首を横に振る。

ドストライクの容貌《ようぼう》の持ち主、泉田とは初対面だ。

今日の合コンには、本当はフットサルサークルの友人である別の男が来る予定だった。しかし急にバイトが入って来られなくなり、幹事である岸谷が広い交友関係から代打を見つけてきた。それが泉田である。

岸谷によると、大学は同じで、学年も同じ一年らしい。達弘や岸谷が所属する法学部ではなく、生物学部の所属だという。生物学部や工学部等、理系の学部ばかり集まったキャンパスは『緑の孤島《ことう》』と呼ばれており、法学部や経済学部がある本学からバスで三十分以上かかる山の中に建っている。こちらから向こうへ出向くことは皆無《かいむ》なので、見かけたことすらなかった。

店に入る前に、こいつ泉田、と紹介されたときの衝撃は凄《すご》かった。よくビビッとくるとかいうけれど、本当に全身に電流が走ったかのようだった。

泉田はといえば、初対面なのに穴が開くかと思うほど見つめてくる達弘を不審に思ったらしい。が、わずかに眉を寄せただけで何も言わなかった。

今も見られているとわかっているだろうに、にらみ返してこないばかりか、文句を言ってもこない。もともと口数の多い男ではないようだから、トラブルになるくらいなら黙っていた方がいいと思っているのかもしれない。それをいいことに、達弘は彼を見放題だ。

「せやから何でそんなに見るねんて」

再び肩を叩かれて、ハッとする。

いつのまにか、また見惚《みと》れてしまっていた。

「や、何でって別に」

「そしたら何やねん。あいつおまえに何かしたんか?」

「いや、何もしてない」

「そしたら何でそんな見るねん。おまえが泉田ばっかり見てるから女子だけで固まってしもてるやないけ。坂口《さかぐち》は見た目で除外されてるし」

確かに泉田がいる位置の反対側の端では、女性たちが固まって飲み食いしていた。大学の友人である坂口は、達弘の隣でヤケクソのように唐揚《からあ》げを食べている。イケメンとは言いがたい彼の容姿は、女性たちのお気に召さなかったらしい。

「泉田は泉田で無口やから、オトコマエやのに飽きられてるし。俺一人で四人の相手はできんっちゅうの。ほれ、右から二番目のコ。おまえのこと気になってるみたいやぞ。今からでも遅《おそ》ない、しゃべってこい」

声を落として言った岸谷に、なあ、と声をかける。

「泉田君て下の名前何？　どんな漢字？」

「……泉田さとしや。悟《さと》るっていう字に歴史の史で、悟史」

悟史君か。カッコイイ。

彼のキリッとした風貌《ふうぼう》にぴったりの名前だ。

「泉田君てカノジョいる？　あ、合コン来てんだからいないか」

「おいコラ真木。人の話を聞け」

「泉田君てどこに住んでんの？　大学の近く？　実家？　一人暮らし？」

刹那《せつな》、ガシ、と頭をつかまれたかと思うと、ゴ！　という鈍《にぶ》い音と共に額《ひたい》に衝撃がきた。いって！　と思わず声をあげる。頭突《ずつ》きされたと気付いたときには、岸谷は立ち上がっていた。

「もうええ。今日の合コンは終わりや」

「ええ！　そんなあ」

「そんなもこんなもあるかっ！」

縋《すが》る達弘を足蹴《あしげ》にした岸谷は、隅で固まっている女の子たちに、ごめんなー、と謝った。合コンをお開きにすることを話すようだ。

このまま合コンが終わっちゃったら、俺、泉田君に変な奴って思われたままじゃん。

岸谷は基本、面倒見の良い人間だから、後で改めて泉田を紹介してくれと言ったら、きっと応じてくれる。けれどそれは今回の怒りが収まってからの話だ。岸谷は面倒見はいいがお人好《ひとよ》しではないので、機嫌が直るのに恐らく二日はかかる。二日——泉田に忘れられてしまうには充分な時間だ。

ていうか、俺が泉田君の顔を二日も見られないのがやだ。

今のうちに接点を持っておかなければ。

女性たちに謝っている岸谷と、ひたすら唐揚げを頰張《ほおば》っている坂口を尻目《しりめ》に、達弘は泉田ににじり寄った。

こちらを警戒したのだろう、泉田はじろりとにらんでくる。

ああ、そういう顔もいい。

心臓がバクバク鳴っているのを感じつつ、達弘は泉田に笑いかけた。

「あの、泉田君、俺、真木っていうんだけど」

「……さっき聞いた」

「あ、うん、そうですね」

不信感丸出しの低い声に、思わず敬語になってしまう。

やばい。何話していいかわかんねぇ。

近い距離で見ても本当に好みの顔だ。

この真っ黒い瞳。吸い込まれそうだ。

何か話したい。話さなければ。

「えーと、泉田君、生物学部なんだろ。俺、理系のキャンパスって行ったことないんだけど、本学に来ることある？」

「ほとんどないな」

「え、じゃあサークルとかって向こう限定のに入ってんの？」

「ああ」

「へー、泉田君いい体してるし、やっぱり体育会系のサークル？」

「まあな」

胡散《うさん》くさそうな視線を達弘に向けつつも泉田が頷いたそのとき、背後で女子学生たちが立ち上がる気配がした。どうやら全員帰るようだ。このままだと、いずれ泉田も帰ってしまう。

せめて連絡先だけでも聞かないと！

「あの、あのさ」

焦《あせ》って出した声が掠《かす》れて、喉《のど》がカラカラに渇《かわ》いていることに気付く。自分でも知らないうちに相当緊張していたらしい。

達弘は目の前にあったグラスをガッと手にとった。間を置かずに一気に呷《あお》る。

すると、なぜか泉田が慌てたような顔をした。

「ちょ、それ酒！」

次の瞬間、全身が熱くなった。くら、と視界が揺れる。

そこで唐突に記憶が途切れた。


遠くで賑《にぎ》やかなざわめきが聞こえて、ふと意識が浮上した。ゆっくり目を開ける。

視界に飛び込んできたのは、見慣れない灰色の天井だった。

どこだ、ここ。

眉を寄せると、あ、と低い声がすぐ側《そば》で聞こえた。

「起きたか」

灰色の天井を背景にして覗き込んできたのは泉田の顔だ。

おわ！　と声をあげて慌てて起き上がる。

「え、あれ？　何で？」

慌てて周囲を見まわすと、泉田しかいなかった。合コンをしていた居酒屋には間違いないが、岸谷も坂口も女の子たちもいない。

皆、どこ行っちゃったんだろ。

すぐには状況を飲み込めなくて首を傾《かし》げていると、泉田が素《そ》っ気《け》なく言う。

「皆十分ぐらい前に帰ったぞ」

「え、何で?」

「何でて、おまえがウーロンハイ飲んで寝てしもたからやろが」

あきれたような物言いに、ああ、と頷く。

そうだった。俺、酒飲んでひっくり返ったんだった。

一気にアルコールを流し込んだ後の記憶がない。

「おまえ酒弱いんやろ。何で一気に飲んだんや」

「ああ、いやー、なんか凄く喉が渇いちゃって。色が色だったから、普通のウーロン茶だと思ったんだよね」

ははは、と笑ってみせる。普段なら、いくらアルコールに弱いとはいえコップ一杯のウーロンハイ如《ごと》きで眠ってしまったりしない。泉田と話してかなり興奮していたところへ、更に頭に血が上ったせいだろう。

「まあ、おまえが寝る前からもうグダグダやったけどな」

つぶやくように言った泉田は、唇の端を上げて苦笑した。

うわ、その顔もすげぇいい。

ていうか、泉田君の笑った顔見たの初めてじゃん!

一気にテンションが上がってニコニコと笑ってしまう。

そういえば、幹事の岸谷すら帰ってしまったのに、なぜ泉田だけが残っているのだろう。

「なあ、何で泉田君は残ってんの？」

純粋に疑問だったので尋ねると、泉田は眉を寄せてこちらを見た。

「おまえが俺が注文したウーロンハイ飲んで寝てしもたからや。目の前で潰《つぶ》れられたら気になるやろ。岸谷は女の子の機嫌とるのに大変そうやったし、もう一人の坂口やっけ。そいつの面倒見るんも大変そうやったから俺が残った」

「そうなんだ。ごめんね」

泉田君、律儀《りちぎ》なんだな。

性格にも好感を持って嬉しくなる。不謹慎だが、あのときお茶と間違えて酒を飲んだ自分を褒《ほ》めてやりたい。

が、当の泉田はため息を落とした。

「俺には合コンなんか無理やて言うたのに……」

「無理って何で？」

「女の子と何話してええかわからん」

ぶっきらぼうな物言いに、ぎゅん、と心臓が鳴った。きゅん、ではなく、ぎゅん、である。

いかん。相当カワイイ。

達弘は思わず泉田の横ににじり寄った。

「そんなの難しく考えることないって。今俺と話してるみたいに話せばいいじゃん」

「そんな簡単にいくか。それに今はカノジョとかいらんし」

「え、そうなの？　何で？」

距離をつめすぎたせいか、泉田はあからさまに体を引いた。ついでに顎《あご》も引いてにらみつけてくる。

「何でて、おまえには関係ないやろ」

「え、そんな。関係ないことないよ」

「何でやねん、関係ないやろが。ていうか、おまえが起きたんやったら俺はもう帰る」

立ち上がろうとした泉田の腕に、達弘は咄嗟《とっさ》にすがりついた。きっと泉田はこれから先、合コンに誘われても来ない。このままでは二度と会えなくなってしまう。

まさか達弘がしがみついてくるとは思わなかったらしく、わっと泉田は驚いた声をあげた。

「ちょ、何やねん。離せ」

「帰らないで」

「はあ？　何でやねん」

「好きだから！」

まだアルコールが残っていたせいかもしれない。気が付いたときには告白してしまっていた。

は？　と泉田が素《す》っ頓狂《とんきょう》な声をあげる。

「好きって何が」

「い、泉田君がっ」

「……どういう意味や」

からかわれているとでも思ったのか、ドスのきいた低い声が降ってくる。

達弘はごくりと唾《つば》を飲み込んだ。

――怖い。

けれど既に告白してしまった手前、今更後には引けない。

「泉田君に、一目惚れしました」

精一杯真面目な顔で真剣に言う。

少なくとも冗談を言われているわけではないことはわかったらしい。泉田は鋭《するど》い表情を消した代わりに、苦《にが》いものを口いっぱいに入れたような、なんとも言えない顔になった。そんな微妙な表情も好みの顔に浮かべば、魅力的に映るから不思議だ。

「おまえ、オネエか」

「いや、そういうわけじゃ……」

「けど俺もおまえも男やぞ」

「そうなんだけど……」

自分でも同性を好きになったのは初めてで、その辺りはよくわからない。

黙ってしまった達弘に胡乱《うろん》な目を向けた泉田は、つかまれていた腕をやや乱暴に引き抜いた。思っていたより力が強くて驚いている間に、彼はすっくと立ち上がる。

「まあ何でもええわ。とにかく俺はおまえのこと、そういう対象としては見れんから」

「え、そんな」

「俺は普通に女が好きやねん。男に好きとか言われても迷惑や」

にべもなく言い切った泉田は、さっさと座敷から下りた。そのまま靴を履《は》き、ちらとも振り向かずに踵《きびす》を返す。

「あ、ちょっと待って!」

伸ばした手は、かすりもしなかった。


バスから降りた達弘は、ぐるりと周囲を見渡した。

山、山、山である。まだ紅葉には早いらしく、赤や黄は見られないが、深い緑と木々を揺らす冷たい風は迫り来る秋を感じさせる。

来てしまった……。

街中にある本学からバスに乗って、約三十分。本学から離れるにつれ、どんどん人家《じんか》が減っていき、かわりに田畑が目立つようになった。バスは更に山の中へと入り、車窓が緑で埋《う》まったかと思うと、唐突に大きな建物がいくつも見えてきた。

十五年ほど前に理系の学科を強化する目的で新設された校舎は、確かに立派だ。設備も全国的に見てかなりレベルの高いものが揃えられているらしい。

しかし、周囲には気軽に入れる居酒屋もコンビニもない。バスで十五分ほど揺られた場所にある最寄《もよ》りの駅前に、小さな店が何軒かあるだけだ。近隣に他大学のキャンパスがあるわけでもなく、当然学生同士の交流もほとんどないと聞く。緑の孤島とはよく言ったものである。

ここに泉田君がいるんだ。

そう思うと、ただ緑が広がっているだけの場所もパラダイスのように思える。

昨夜《ゆうべ》、完膚《かんぷ》なきまでにふられた上に、居酒屋に置き去りにされたにもかかわらず、泉田をあきらめる気にはなれなかった。

だって好きになっちゃったんだもん。

とにかく会いたい。たとえ面と向かって会えなくても、一目でいいから見たい。

今日は幸《さいわ》いなことにバイトを入れておらず、講義も三限までだったので、我慢できずに緑の孤島行きのバスに飛び乗った。

ちなみに岸谷には、昨夜のことを謝り倒した。が、もちろん泉田に一目惚れしたことや、彼に会いに行くことは話さなかった。とはいえ岸谷は鋭い男だ。ある程度は見抜かれていたかもしれない。

「生物学部って言ってたな……」

初めて来たので、何がどこにあるかさっぱりわからない。

その辺にいる奴に聞いてみるか。

「あのー、すみません」

達弘は通りすがりの男子学生の一人に声をかけた。ビク、と大袈裟《おおげさ》に反応した彼に、笑みを浮かべてみせる。

「生物学部一年の泉田悟史君って知ってる?」

一応答えてくれたものの、警戒心も露《あらわ》ににらまれてしまった。

「知ってるけど……」

あ、俺、物凄い不審者に見られてる。

ざっと周りを見ただけでも、いかにも真面目そうな男子学生が多い。今、声をかけた男子学生も含めて眼鏡率が高いから、余計にそう思うのかもしれない。本学に比べると、髪を染めている者も少ないようだ。男子学生が圧倒的多数で女子学生が少ないせいか、服の色も青や黒が多く、カラフルな色を身につけている者は皆無といっていい。

対して達弘は、垂《た》れ気味の二重《ふたえ》の双眸が甘い印象を与える顔の造作《ぞうさく》に合わせ、髪をこげ茶色に染めている。服はブランド品こそ身につけていないが、古着やファストファッションを組み合わせ、自分なりに流行を取り入れている。しかも大学内では珍しい標準語だ。

泉田君も一目惚れ云々以前に、俺自身にあんまり良い印象がなかったかも。

「えっと、俺、本学の法学部の真木っていいます。ちょっと泉田君に用事があって。あ、何だったら学生証見せるし」

慌てて学生証が入っている財布をポケットから取り出そうとすると、男は少し警戒を解《と》いたらしい。幾分か表情を和《やわ》らげた。

「泉田やったらケーコバにおると思う」

「ケーコバ?」

「ああ。3のA号棟の裏や。あそこに見えてる建物が3のA号棟」

男が指差した先には、山をバックに建っているグレーの校舎があった。それを見ている間に、男はそそくさと歩き出す。

「あ、ありがとう!」

背中に向かって礼を言うと、彼はまたビク、と全身を跳ねさせた。ちらとこちらを振り返って小さく頷き、また歩き出す。

とりあえず、教えてもらえてよかったけど。

「ケーコバ……?」

一人残された達弘は思わずつぶやいた。

ケーコバって何だろ。

わからなかったが、とにかくそこに泉田がいる可能性が高い。

達弘は気を取り直して歩き出した。３のA号棟は大学の敷地の中でもかなり端にあるようだ。見えているのに、なかなかたどり着けない。

ようやく全貌《ぜんぼう》が明らかになってきた３のA号棟を通りすぎ、更に足を進める。

裏にある山に沿うように建てられていたのは、校舎に比べると随分小さな平屋《ひらや》の建物だった。

近付くにつれて、パシ、パシ、という何かを叩くような小気味《こきみ》良い音が聞こえてくる。時折、もういっちょ、だの、まだまだ、だのという太い声もしている。

何してんだろ。

幸い、入口は大きく開け放たれている。

そうっと顔だけを出して中を覗いた達弘は、目を見開いた。

床は土だった。そこに俵《たわら》が円状に並べられている。相撲《すもう》の土俵《どひょう》だ。その土俵の外に、まわしを巻いた男が立っていた。小柄で小太りな男の体は、土で汚れている。

土俵の中では、がっちりとした体格の大柄な男と、ひきしまった体の男が組み合っていた。

どうやったのか全くわからなかったが、大柄な男がひきしまった体の男を一瞬で土に転がす。

きちんと受け身をとった男は、荒い息を吐きながら立ち上がった。

泉田君だ……！

達弘は叫びそうになった口を慌てて手で塞《ふさ》いだ。

張りつめた小麦色の肌は上気《じょうき》し、汗に濡れて艶《つや》やかに光っている。ツンと立った乳首は土まみれだ。まわしから覗く尻は小ぶりで、きゅっとひきしまっている。

端整《たんせい》な面立ちに浮かぶ表情は険《けわ》しい。が、は、は、と激しい呼気《こき》を吐き出す様は、どこか悩ましく色っぽい。

エロすぎる……！

カッと頭に血が上った。頭の芯《しん》が痺《しび》れたように熱くなる。かと思うと、くらりと目眩《めまい》がした。

やべ、昨夜泉田君のこと考えてほとんど寝れなかったから……。

思わず膝《ひざ》をつくと同時に、ボタボタ、と何かが地面に滴《したた》り落ちる。

鼻血！

血の赤を見たせいか、ますます目眩がひどくなった。我慢できずにその場にへたり込む。

「おい、どうした。大丈夫か？」

心配そうな男の声が頭上から降ってきた。

その声で、中にいた三人がこちらに気付いたようだ。どうしてん、と声をかけてくる。

「いや、何かこいつが鼻血出して倒れてて」

あ！　という泉田の大きな声が聞こえた。続けて、真木、と呼ぶ驚いた声も聞こえてくる。

俺の名前、覚えててくれたんだ。
嬉しくなると同時に、目の前が真っ暗になった。

真木、と呼ばれて振り返ると、そこにはまわしをつけた泉田が立っていた。
当然のことながら上半身は裸だ。尻は半分見えている。
ギャー！　ダメダメ！　そんなハレンチな格好《かっこう》しちゃいけません！
叫んで両手で目を覆《おお》う。
視界を遮《さえぎ》ったのに、なぜかまだ泉田の姿が見えた。
泉田は表情を変えない。険しい顔のままこちらに近付いてくる。
ちょ、来ちゃだめだって！　来るんなら、せめて乳首だけは隠してくれ！

涼やかな風が頬を撫《な》でて、達弘はゆっくり目を開けた。清潔な白い天井が視界に広がる。消毒液のにおいが微《かす》かに鼻先をかすめた。

ここ、どこだろ。

泉田君の乳首はどうなったんだ。

脳裏《のうり》に浮かんでいた泉田のまわし姿が急速に遠のき、かわりに記憶が甦《よみがえ》ってくる。

確か緑の孤島に来て、泉田君はケーコバにいるって教えてもらって、そしたらそのケーコバで泉田君が半裸で半裸の男と組み合ってて、あんまりエロくて鼻血出して。

「起きたか」

白い天井を背景にして覗き込んできたのは泉田の顔だ。

何か前にもこんな場面があったような……。

「あれ、何で……？　あ、泉田君！　乳首は？」

ガバと勢いよく起き上がる。

「乳首？」

思い切り眉をひそめた泉田はジャージを着ていた。

あ、さっきの夢だったんだ。

「いや、ごめん、何でもない」

ぶんぶんと首を横に振った達弘は、ごまかし笑いをしながら周囲を見まわした。

泉田の後ろには、薬が並んだ棚《たな》や机がある。どうやら医務室らしい。窓が開け放たれており、そこからひんやりした心地《ここち》好い風が入ってきていた。

「おまえ、よう倒れるな。ひょっとして体弱いんか？」

気遣う口調で尋ねられ、え、と思わず声をあげる。

「いや、全然、めちゃくちゃ健康です！　ただ、昨夜あんまり寝てなくて。あと、いろいろ刺激的っていうか衝撃的で、頭がついていかないっていうか体がついていかないっていうか」

心配してもらったのが嬉しくて、同時に申し訳なくて、ははは、と笑ってみせる。

泉田は安堵《あんど》したような、それでいてあきれたようなため息を落とした。

「体が弱《よわ》ないんやったらええけど」

「もしかして泉田君、ここまで運んでくれた？」

「まあな。鼻血出して倒れてる奴放っとくわけにいかんやろ」

「すみません……」

恥ずかしさと情けなさで身を縮《ちぢ》め、達弘は頭を下げた。好きな相手の前で鼻血を出して倒れるだけでもかっこ悪いのに、運んでもらうなんて論外だ。

泉田君、どう思っただろ……。

そっと泉田を見遣《みや》る。すっきりと整った面立ちには、やはりあきれたような表情が浮かんでいた。が、嫌悪の色はない。

「俺に会いに来たんか」

「や、あの、会いにっていうか、ちょっとだけでも顔が見れたらって思って……」

うつむいたままぼそぼそと答えると、泉田はまたため息を落とした。

「昨日はっきり断ったやろが。おまえストーカーか?」

「やっ、まさか、そんなつもりはっ。ほんとに、ちょっと顔見たら帰ろうと思ってたから」

「顔見るだけか」

「うん。だって泉田君、俺と話すの嫌だろ」

ちらと視線を投げる。

泉田はこちらを見ていた。あきれたような表情は、いつのまにか哀《あわ》れみの表情に変わっている。

「おまえの見た目やったら普通に女の子にもてるやろ。何で俺やねん」

「何でって言われても、一目惚れしちゃったんだもん……」

だもんて、とつぶやくようにツッこんだ泉田は、ふと苦笑した。

あ、すげぇカワイイ。

今、医務室に泉田以外の姿はないが、本来は医務の職員がいるはずだ。泉田は達弘を放って帰ってもよかったのに、目を覚ますまでついていてくれたらしい。

優しいんだな。昨夜もなんだかんだ言って、俺のために残っててくれたし。

胸にじわりと湧《わ》いた熱に励《はげ》まされ、達弘は泉田に話しかけた。

「あの、泉田君、相撲部なんだ?」

「ああ」

「相撲、ずっとやってんの？」

「いや。大学入ってからや」

「そうなんだ」

幼い頃からまわしをつけていたわけではないとわかってほっとすると同時に、先ほど見たばかりの光景がはっきりと脳裏に浮かんだ。

汗で濡れた肌は艶やかに光っていた。まわしから覗く尻はきゅっとひきしまっていた。

——だめだ。また鼻血出そう。

咄嗟に顔の下の部分を片手で覆うと、泉田はもう何度目になるかわからない深いため息を落とした。

「こそこそされても迷惑や」

「ごめんなさい……」

「今度は正面から来い」

意外な言葉に、達弘は思わず顔を上げた。

泉田は苦虫《にがむし》を噛《か》み潰《つぶ》したような顔をしていたものの、きちんとこちらを見ていてくれる。

「会いに来てもいいの……？」

「ほんまは全然ええことない。来月に大会控えてるから、ぶっちゃけ迷惑やし邪魔や。けどおまえ、来るな言うても来るんやろ」

行かないとは言えなくて黙っていると、泉田にじろりとにらまれた。語調を強め、改めて問われる。

「来るんやろ?」

「はいっ、あの、すみません、来てしまうと思いますっ」

ビシ、と背筋を伸ばした達弘に、泉田はなぜか笑った。先ほど見た苦笑とは違う、本当におかしそうな笑い方だ。

わ、すげぇいい顔。

泉田の顔はこれ以上ないくらい好みの造作だが、ただ好みというだけではない。目尻にわずかに皺《しわ》を刻む表情そのものに見惚れてしまう。

「どうせ来るんやったら、隠れて来られるより普通に来られた方がましや」

「あ、ありがとう泉田君!」

「言うとくけど、稽古の邪魔だけは絶対すんなよ。それに俺はおまえと仲良うなりたいわけやないからな。来ても歓迎はせんぞ」

「うん、ありがとう!」

拒絶されないだけでも嬉しくて礼を言うと、泉田は直線的な眉をひそめた。

「俺は歓迎せんて言うたんやぞ。わかってるか?」

「わかってる。でも来ていいんだろ」

「や、まあ、それはええけどな……」

早まったか、というぼやきを聞こえなかったことにして、達弘はぐっと両の拳《こぶし》を握りしめた。

これで堂々と泉田君の顔を見に来られる！


「真木、法学部なんんや。法学部て女の子多いんか？」

「多いってわけじゃないですけど、だいたい半分くらいいますね」

「半分もおったらめっちゃ多いがな！　文学部とかも女子多そうやもんな。本学はええなあ」

達弘が差し入れたスポーツドリンクを手に身悶《みもだ》えたのは巨漢二人、相撲部の先輩たちである。

「真木、カッコエエしオシャレやしもてるやろ。カノジョおるんか？」

好奇心半分、嫉妬半分の顔で尋ねてきたのは、がっちりとした体格と浅黒い肌、そして驚くほど濃くて太い眉が特徴的な千々岩《ちぢいわ》だ。工学部の六年生らしい。初めて稽古場《けいこば》を訪《おとず》れたとき、泉田と組み合っていた男である。

「この見た目でカノジョおらんわけないでしょう。カノジョかわいいんか？　かわいいんやな」

くう、と悔《くや》しげな声をあげたのは、つきたての餅《もち》か！　とツッコミを入れたくなるほど白い肌とたぷたぷの体が印象的な安井《やすい》である。こちらは薬学部の二年生だという。鼻血を出して蹲《うずくま》っていた達弘に、大丈夫かと声をかけてくれた男だ。

「いやー、俺そんなもてないですよ。カノジョもいないし」

「嘘つけ!」

「いや、ほんとにいないんです。好きな人はいますけど」

少し離れた場所でスポーツドリンクを飲んでいる泉田をちらと見遣る。

もう一人の一年生部員、小出《こいで》と話していた彼は達弘の視線に気付いたようだが、あっという間に目をそらしてしまった。我知らず、しゅんと肩が落ちる。

泉田が正面から来いと言ってくれてから四日目。達弘はどうにか時間を作って緑の孤島へ向かった。本当は講義もバイトもサークルもさぼって翌日にでも会いに行きたかったけれど、そんなことをすれば泉田に嫌われるだろうと思って我慢した。ただでさえ好かれていないのだ。もう来るなと言われてしまったら元も子もない。

稽古場を訪《たず》ねると、泉田は眉をひそめたものの、ようと挨拶《あいさつ》してくれた。が、休憩中だったにもかかわらず、それ以上は相手をしてもらえなかった。

とはいえ近寄れなかったのは、ある意味ではラッキーだったかもしれない。なにしろ泉田は今日もまわしをつけていたのだ。男同士のセックスのやり方は、彼のまわし姿を初めて見て鼻血を噴いた日にネットで調査済みである。なまじ知ってしまっただけに、泉田のまわし姿は目に毒だった。また鼻血を出さなかった自分を褒めてやりたい。

ともあれ本命のつれない態度とは反対に、他の部員たちは歓迎してくれた。大学内で相撲部はメジャーではなく部員数も少ないこと、稽古場が構内の片隅にあるせいで、周囲にほとんど学生の姿がないことで、かなり孤独《こどく》に稽古をしていたらしい。入部希望者ではないただの見学者が一人いるだけでも、少しは賑やかになって嬉しかったようだ。一月後にある学生相撲の大会に向けた稽古にはりあいができたと喜んでくれた。それに加えて、鼻血を出して倒れるという、いわゆるイケメンにあるまじき達弘の醜態《しゅうたい》も大いに気に入ったのだろう。

「好きな人がおるってことは片想いか？」

「そうですね。片想いです」

真面目な顔で尋ねてきた千々岩に、演技ではなく、本当に寂しい笑みを漏《も》らしたせいで、先輩たちは親近感を覚えたようだ。巨漢二人はそろってこちらににじり寄ってくる。まわし姿にタオルを首にひっかけただけなので、圧迫感が半端《はんぱ》ない。

「何で片想いやねん」

「真木やったらコクッたらいけるやろ」

「や、もう告白したんですよ。でもふられちゃったんです」

苦笑まじりに答えると、二人は更に共感したらしい。みるみるうちに涙目になった。

「そんでも好きなんかっ、偉いっ」

「一途《いちず》なんやな、真木！」

分厚《ぶあつ》い掌《てのひら》でドムドムと背中を叩かれて、達弘は思わず咳《せ》き込《こ》んだ。

すまんすまん、と千々岩が慌てて謝る。安井も肉付きの良い手で背中を摩《さす》ってくれた。この先輩二人、小山のような外見とは反対に案外優しい。

「それにしても、真木て泉田と接点ないやろ。どうやって仲良うなったんや」

「仲良うないです」

千々岩の問いかけに、すかさず泉田本人からツッコミが入る。

しゅん、とまた肩を落とすと、おいコラ、と安井が泉田にツッこみ返した。

「そんな邪険《じゃけん》にしたんなや、かわいそうに」

「かわいそうなんはこっちです」

「何でやねん。真木、ええ奴やないか」

「先輩はそいつのほんまの姿を知らんから」

ムッと眉を寄せた泉田に、千々岩が首を傾げる。

「ほんまの姿って何や」

「それは……」

まさか、そいつは合コンで男の俺に一目惚れしてコクってきて、ふられたのにストーカーの如く稽古場に来た挙句、俺のまわし姿見て鼻血を出しやがったんです、と言うわけにもいかなかったのだろう、泉田は言葉につまった。

「あの、俺が一方的に泉田君と仲良くなりたいって思ってるだけで、友達とかじゃないんですよ。知り合ってそんな経《た》ってないし、泉田君からしたら、俺ってよくわかんない奴だと思うんで」

泉田が悪くないのは明らかなので、達弘は焦って割って入った。

泉田は驚いたように目を丸くしてこちらを見る。

一方の千々岩は年長者らしく、落ち着いた様子で眉を寄せた。

「友達やろうが知り合いやろうが、人の悪口っぽいこと言うて泉田らしいないやないか。逆におまえの方が、真木に何か後ろ暗いとこがあるんとちゃうか?」

「はあ? そんなんありませんよ!」

泉田は食ってかかったが、さすがは先輩、千々岩も安井もびくともしない。

「そしたら何でそんな冷たいねん。ていうか真木、泉田とどこで知り合《しお》うたんや」

「あ、はい、合コンで」

正直に答えると、二人の先輩だけでなく、泉田の横にいた小出も、合コン! と叫んだ。

「そんなええもんに何で俺を誘わん!」

「羨《うらや》ましすぎる!」

稽古場には神棚がある。その神棚にいる神様が怒りそうな千々岩と安井の絶叫に押されつつも、泉田はどうにか反論した。

「人数が足らんようになったから来てくれへんかて、急に言われただけです」

「誰に！　真木にか！」

「いや、別の友達ですけど……」

「別の友達てどこのどいつや！」

「法学部の奴です。去年大阪場所を観《み》に行ったときに、そいつも来とって知《し》り合《お》うたんですよ」

岸谷と泉田君って、大阪場所で知り合ったのか。俺も大阪場所に行ってたらよかった。

――ていうか大阪場所ってナニ？

きょとんとしていると、ガッと千々岩に肩をつかまれた。濃い眉に負けず劣《おと》らずの濃い顔が間近に迫る。

「今度合コンやるときは俺も誘《さそ》てくれ」

「あ、千々岩先輩ズルイっす！　真木、俺も、俺も頼む！」

「や、俺が幹事やってたわけじゃないんで……、でもまあ、はい、今度やるときは誘います」

二人の迫力に負けて頷く。

やったー！　と無邪気に喜ぶ先輩たちに、達弘は笑ってしまった。ふと横顔に視線を感じて振り返る。

泉田がじっとこちらを見ていた。ニッコリ笑ってみせると、そっぽを向いてしまう。

ズキ、と胸が痛んだ。

ああ、やっぱり嫌われてんなあ……。


でも俺はめげない。

だって泉田君《いずみだ》が好きだから！　それに泉田君も来るなとは言ってないから！

誰に主張するでもなく胸の内で宣言し、達弘《たつひろ》は緑の孤島《ことう》を歩いた。

前回に訪《おとず》れてから二日が経《た》った。一昨日《おととい》の泉田のつれない態度を思い出すと、心も体も萎《しぼ》んでしまいそうになる。が、それ以上に燃え盛《さか》る恋心が達弘を奮《ふる》い立《た》たせてくれた。

それに相撲《すもう》自体も観《み》てておもしろいし。

稽古《けいこ》を終えると、四人は乱れた土俵《どひょう》を整え、そろって神棚《かみだな》に一礼した。凛《りん》とした緊張感を孕《はら》んだ空気は、スポーツというより神事《しんじ》に近かったと思う。泉田のまわし姿が大いに気になっている自分が恥ずかしくなるくらい、厳粛《げんしゅく》な雰囲気だった。

とはいえ、やはりまわしをつけた泉田の体は魅力的だった。ただ半裸だというだけではなく、激しい稽古で肌が上気《じょうき》し、汗ばむのが問題だ。

不謹慎《ふきんしん》だけど、エロいものはエロいんだよ……。

一人赤面していると、前方の角から小柄だが、ふっくらとした体型の男が出てきた。小出《こいで》だ。小出の隣には、見覚えのある男が歩いていた。確か初めて緑の孤島へ来たときに、泉田の居場所を教えてくれた男だ。黒縁《くろぶち》の眼鏡に覚えがある。

「小出君！」

呼ぶと、小出が振り返った。つられたように、隣を歩く男もこちらを向く。二人ともが、あ、と小さく声をあげたのがわかった。

駆け寄った達弘は、まず小出に笑いかけた。

「この前は見学させてもらってありがとう。急にごめんね」

「いや、僕は別に何もしてへんし……」

「今日も見学させてもらうけど、いい？　稽古の邪魔しないようにおとなしくしてるから」

「うん。ええよ」

小出は勢いに押されたように、しかし笑みを浮かべて頷いてくれる。

ありがと、と礼を言ってから、今度は隣にいる男に頭を下げた。

「この前は、泉田君の居場所を教えてくれてありがとう」

「お、おう」

「小出君とも友達だったんだ？」

「三人とも同じ学部やから」

「へえ、そうなんだ！　じゃあ俺ラッキーだったんだなあ。別の人に聞いてたら、なかなか泉田君にたどり着けなかったかも」

そこまで言った達弘は、二人がまじまじとこちらを見ていることに気付いた。

「ん？　何？」

小出と男は顔を見合わせる。口を開いたのは小出だった。

「いや、真木《まき》君、ずっとそんな感じなんやなあと思《おも》て」

「そんな感じって？」

「明るうて賑《にぎ》やかな感じ」

「あー、俺うるさかった？　ごめん」

泉田に会える嬉しさから浮かれていたかもしれない。ばつが悪くて頭をかくと、いやいや、と小出は慌てて首を振った。

「全然うるそうないよ。明るいんはええことやし、話しやすいし」

「そう？　よかったー」

ほっと息をついたそのとき、小出、テラウチ、と呼ぶ声が聞こえた。

泉田君だ。

声だけで判断して振り向くと、まさに泉田が走ってくるところだった。

走ってる姿もカッコイイ。

ぽうっと見惚《みと》れていると、泉田は瞬《また》く間に追いついてきた。そしてじろりと達弘をにらむ。

「おまえ、何してんねん」

「何って、しゃべってただけだよ」

本当のことをそのまま答えると、小出ともう一人の男——テラウチという名前らしい——も頷く。

「初めて来たとき、こっちの彼に稽古場の場所を教えてもらったんだ。今、泉田君と小出君とも同じ学部だって聞いてびっくりしてたところ」

達弘の説明にも、泉田は寄せた眉を解《と》かない。胡散《うさん》くさそうに達弘を見る。

「また来たんか」

「え、来ちゃだめだった?」

「や、それはええけど……」

口ごもった泉田に、小出が遠慮がちに言う。

「見学者がおってくれる方が緊張感あるし、僕は真木君が見学してくれると嬉しい」

「そうやな。相撲部て、なまじ稽古場がはずれにあって寂しい感じやし、人がおった方が賑やかでええんとちゃうか?」

テラウチも援護《えんご》してくれる。

泉田はといえば、面食《めんく》らったように二人の友人を見た後、再び達弘に視線を戻した。

見学してもいいよね？　だめ？　と尋ねるかわりに首を傾《かし》げてみせる。

すると泉田は、堪《こら》え切《き》れなかったかのように小さく噴き出した。そして苦笑まじりにため息を落とす。

「見学するんはええけど邪魔すんなよ」

「うん！」

柔らかくなった声に、達弘は笑顔で頷いた。

稽古が終わって帰路《きろ》につく頃には、辺りはすっかり夕暮れに染まっていた。山に囲まれているせいか、日が沈むのが早い。

達弘はちらと隣を歩く泉田を見た。稽古の疲れが滲《にじ》んでいるものの、その横顔は満足そうだ。

今日は、前よりよく目が合った気がする。それにあまりにらまれなかった。

稽古場を出てからずっと、一緒に歩いてくれてるし。

自然と足取りが軽くなる。

千々岩《ちぢいわ》、安井《やすい》、小出は塊《かたまり》になって先を歩いていた。時折楽しげな笑い声が聞こえてくる。体育会系であることに加え、伝統の競技だから上下関係がきついのかと思ったけれど、そうでもないようだ。

「皆、仲良いんだなあ」

返事を期待していたわけではない。ただ思ったことをそのままつぶやくと、ああと泉田が応じてくれた。

「部員四人だけやからな」

「え、そうなの？　幽霊部員とかいないのか？」

「おらん。今でも団体戦は人数足らんからラグビー部に助《すけ》っ人《と》頼んでんのに、千々岩先輩が卒業してしまわはったら、団体戦には出れんようになってまうかもしれん」

「相撲でも団体戦とかあるんだ？」

うんと頷いた泉田を、再びちらと見遣《みや》る。整った横顔にはやはり嫌悪《けんお》の表情はない。

並んで歩いたことがなかったからわからなかったけれど、泉田の背丈は達弘と同じくらいだ。もしかしたら泉田の方がわずかに低いかもしれない。

泉田との距離は約一メートル。

もうちょっと近付いたらはっきりするけど、嫌がるよな。

今、とりあえずいい雰囲気なのだ。わざわざそれを壊す必要はない。

近付けないのなら、せめて話したいと思って口を開く。

「そういえば、この前岸谷《きしたに》と知り合ったって言ってた大阪場所って、大相撲の本場所のことだったんだね」

「ああ？　知らんかったんか」

「うん。大相撲ってニュースのスポーツコーナーでちょっと観るぐらいだったから」

じろりとにらまれたものの、泉田がこちらを見てくれたことが嬉しくて、思わずニッコリしてしまう。

すると泉田は毒気《どくけ》を抜かれた顔をした。かと思うと苦虫《にがむし》を嚙《か》み潰《つぶ》したような表情を浮かべ、ぶっきらぼうに問う。

「大阪場所のこと、調べたんか」

「ざっとだけどね。大阪場所はプロの力士《りきし》が出る大相撲の本場所のことだよな。一場所十五日、一年で六場所を巡《めぐ》るのが今の大相撲。六場所のうちのひとつが三月に開かれる春場所で、大阪であるんだ。だから大阪場所って呼ばれてるんだよね？」

ああ、と泉田は頷いてくれた。

「祖母《ばあ》ちゃんのお供《とも》で大阪場所へ行ったとき、岸谷に会《お》うたんや。岸谷はお祖父《じい》さんと一緒に来とって、隣の席やった。若い奴が来てんのが珍しかったからやと思うけど、岸谷の方から話しかけてきよったんや」

ふうんと相づちを打つ。素っ気ない口調ながらも、泉田が自分のことを話してくれていること、そして泉田と会話していること自体が嬉しくて、ますます頬が緩《ゆる》んでしまう。

「泉田君、お祖母さんと仲いいんだ?」

「まあ、一緒に住んでるし」

「そうなんだ。俺んち核家族だから、祖母ちゃんと出かけたのって子供のときだけだよ」

「おまえ、どこの出身や」

「東京。ていっても、田んぼとか畑がいっぱいある田舎《いなか》だけど」

ふうん、と今度は泉田が相づちを打った。そして短く刈《か》った頭をカリカリとかく。

「おまえ、案外《あんがい》普通やな」

「普通って?」

「毎日来るか思《おも》たら、そんなことないし。先輩にはちゃんと敬語使うし、稽古中はおとなしいしてるし」

「え、俺のこと、そんな非常識で礼儀知らずな奴だって思ってたんだ?」

「思うやろ、そら」

真顔で返されて、あー、と達弘は苦笑した。

「そうだよね、思うよねー……」

己《おのれ》の言動を振り返ると、変な奴と思われても仕方がない。

俺だって自分が泉田君の立場だったら、すげぇ迷惑で変な奴って思うもんな。

「講義とかバイトをさぼったら、泉田君、怒るだろ。そんなことしたらほんとのストーカーになっちゃうし。それに先輩は先輩だし、真剣に稽古してるのを邪魔したりしないよ」

笑いながら言うと、泉田はちらとこちらを見た。

「もっとええ加減で無茶苦茶なんか思てたわ。見た感じもチャラいし」

「え、俺チャラい？」

「俺基準ではチャラい」

きっぱりと言われ、慌てて自分の体を見下ろす。ジャケットにパンツという変哲《へんてつ》もない服装だ。自分では特別チャラチャラしているとは思えないけれど、ジャケットの地模様にスカルが織り込まれていたり、鮮《あざ》やかなピンク色のバッグを持っていたりするのが、チャラいと思われるのかもしれない。

「泉田君は、チャラいの嫌い？」

恐る恐る尋ねた達弘に、泉田は首を傾げた。

「別に。似合《にお》てるからええんとちゃうか？」

「えっ、マジで？　似合ってる？」

ぱあ、と自分でも顔が輝くのがわかる。

しかし泉田はピクリとも表情を動かさず、真顔のまま答えた。

「その顔とその髪の色で、地味で真面目な格好《かっこう》してもおかしいやろ」

「……それは褒めてるの？　けなしてるの？」

「どっちでもない。ほんまのことを言うてるだけや」

淡々とした物言いに、達弘は笑ってしまった。本当に思ったことを言っているだけだとわかる口調が不思議と快《こころよ》い。

好きだなあ、と思う。こういう飾《かざ》り気《け》のない率直《そっちょく》な言い方は凄《すご》く好きだ。

つくづく、泉田が正面から来いと言ってくれてよかったと思う。そうでなければ、こうして言葉をかわすことはできなかった。

「俺があんまり無茶しなくて済んだのは、泉田君が来てもいいって言ってくれたおかげだよ」

「そうなんか?」

「たぶん。ほら、人間ってやっちゃだめって言われると余計にやりたくなったり、意地になって絶対やってやろうって思ったりするじゃん」

「そしたら俺があのとき二度と顔見せんなって言うとったら、おまえはほんまにストーカーになっとったんか」

じろりとにらまれて、え、と声をあげる。

もし徹底的に拒絶されていたら、どうしていただろう。

「や、それはわかんないけど、もう会えないって思ったら、逆に会いたい気持ちがすげぇ膨《ふく》らむとは思う。岸谷にアドレスとか聞いちゃうかも」

「……岸谷に真木には絶対にアドレス教えんなって言うとかなあかんな」

「それは大丈夫。聞いたりしないから。それにメールとか電話できなくても、こうやって会いに来れるし。もし聞くんだったら泉田君自身から聞く」

「俺は教えんけどな」

「えー、そんなこと言わないで教えてよ。今じゃなくていいから」

「今でも後でも嫌や」

「そんなあ」

情けない声をあげると、怖い顔をしていた泉田がふいに笑った。

わ、すげぇカワイイ。

ぎゅん、と胸が鳴る。

いつのまにか、一メートルほどあった距離は七十センチほどに縮《ちぢ》んでいた。泉田が嫌がっている素振《そぶ》りはない。

好かれてはないと思うけど、ほんのちょっとだけ近付けたかも。


昼休みの学食は、大勢の学生で賑わっていた。ここ数日でとみに気温が下がってきたせいで、今まで芝生《しばふ》やベンチで昼食をとっていた者も室内に入ってきているらしい。

「最近機嫌ええな、真木」

岸谷の言葉に、達弘はオムライスを食べていた手を止めた。自然と緩《ゆる》んでいた頬をそのままに、えー、と声をあげる。

「そんなことないけどー」

正面で中華丼を食べていた岸谷が、どこか生ぬるいような視線を向けてくる。

「語尾を伸ばすな。暇があったら鼻歌歌《うと》てるし、しょっちゅうにやにやしとるやないか。サークルんときも何となし上《うわ》の空やし。なあ坂口《さかぐち》」

岸谷の横でカレーライスを食べていた坂口は、こっくりと頷いた。

「めっちゃテンション高い」

「えー、そうかなあ」

首を傾げてみせたものの、上機嫌の原因ははっきりしていた。

泉田に会うために緑の孤島へ通うようになって約二週間。実際に泉田に会えたのは、五回中四回だ。会えなかった一回は、塾の講師のバイトへ行っていたらしい。

稽古中はおとなしく見学し、休憩《きゅうけい》中に他の三人も交えて雑談をする。一度は相撲部のコーチだという職員にも会った。彼も見学者である達弘を歓迎してくれた。

肝心の泉田はといえば、相変わらず無愛想《ぶあいそう》だ。達弘が顔を見せるとまず顔をしかめるし、優しい言葉をかけてくれるわけでもない。

しかし少しずつではあるが、警戒を解《と》いてきてくれているようだった。あからさまににらまれたりはしないし、ごく普通に話をして笑ったりもする。大学へは実家から通っていることや、祖父母と両親、弟妹《ていまい》と暮らしていること、中学高校でも相撲部に入りたかったけれど、相撲部自体がなかったので野球部だったことなど、何気ない会話の中でわかった情報は、しっかり心にメモした。

ちなみに上半身や尻をさらした泉田のまわし姿は、何度見ても衝撃的だった。が、どうにか鼻血は噴かずに済んだ。稽古をしているときの真剣な様子が、性的な食指《しょくし》が動くのを抑止《よくし》したのかもしれない。それほどに、稽古中の泉田はかっこよかった。

「今日はまた朝からずっとテンション高いし。何やねん、気色悪い」

眉を寄せる岸谷に、達弘はへへへと笑った。

「昨日さー、ちゃんこ鍋《なべ》食べたんだよー」

昨日、相撲部の伝統料理だというちゃんこ鍋をご馳走《ちそう》になった。なんと泉田の——もとい、泉田と小出の手作りである。入部した者は必ず先輩にレシピを教わるらしい。

こんなに早く泉田君の手料理が食べられるなんて！

内心感涙《かんるい》にむせびつつ、何回もおかわりをした。もっとも、相撲部のメンバーに比べると食べる量は圧倒的に少なかったが。

「味噌《みそ》仕立てですげぇ旨《うま》いの！」

「ちゃんこ鍋てことは、また緑の孤島へ行ったんか」

「ああ、うん……」

岸谷はふうんと相づちを打った。彼は達弘が泉田に会いに行っていることを知っているのだ。この二週間、講義が終わるとそそくさとバス停へ向かう達弘を不審に思ったらしい。どこ行くんやと尋ねられたので、泉田君に会いに行くんだと正直に答えた。それ以上は追及《ついきゅう》されなかったが、岸谷には泉田に会いに行く理由を見透《みす》かされている気がする。

「緑の孤島て、理系の学部が集まってるとこか?」

坂口の問いに、そうや、と応じたのは岸谷だ。

「何で真木がそんなとこに行っててんねん。あ、もしかしてカノジョがそこにおるとか? おまえ、ここんとこずっと浮かれてる思たらそんでか!」

勝手に決めつけてきた坂口に、いやいや、と慌てて首を横に振る。

「カノジョじゃないよ」

「嘘つけ。くそう、やっぱりイケメンは合コンで見つけられんでも、自然にカノジョができるんやなっ」

言うなり、坂口はヤケクソのようにカレーライスをがっつき始めた。泉田と出会った合コンで惨敗《ざんぱい》したことを、まだ引きずっているらしい。

苦笑した岸谷は、坂口から達弘に視線を移した。

「おまえ、大丈夫なんか？」

「大丈夫って」

「相手にされてへんのやろ」

達弘はオムライスをすくいかけていたスプーンを止めた。やはり岸谷は、達弘が泉田に恋愛感情を抱《いだ》いていることに気付いている。

ちらと見遣ると、岸谷はどうやねん、という風に目で尋ねてきた。とりあえず嫌悪《けんお》はしていないようだ。こうして向かい合って食事をしているのがその証拠である。

「……岸谷、泉田君に何か聞いてる？」

恐る恐る尋ねると、岸谷は首を横に振った。

「いや、何も。一回だけ、真木てどういう奴やって聞いてきよったから、ちょっと抜けてるけど普通にええ奴やて答えた」

「そっか……」

思わずほっと息をつく。携帯のアドレスを教えるなとか、つきまとわれて迷惑してるからどうにかしろと言われているかもしれないと思ったが、そうではないらしい。

泉田君、ちゃんと俺と向き合ってくれてんだな。

我知らず頬を緩めていると、岸谷はため息を落とした。

「あんまり突っ走んなよ」

「う、わかった。嫌われないように気を付ける……」

「アホ、俺はおまえのことも心配や言うてんのや」

「え、何で？」

てっきり泉田に迷惑をかけるなと釘《くぎ》を刺《さ》されるものと思っていたので、きょとんとする。

岸谷は真面目な顔で続けた。

「あいつとでは、どんだけ思い入れてもおまえが望むようにはなれんのとちゃうか？」

「そうだけど……」

達弘は口ごもった。泉田が振り向いてくれないことはわかっている。

でも一目惚れしちゃったんだもん。

泉田にも言ったことを、また思う。過去に付き合った恋人は、高校のときに一人。もちろん女の子だ。彼女を初めて視界に入れたときでも、目を離せなくはならなかった。一目惚れなんて初めてだ。

黙ってしまった達弘をどう思ったのか、岸谷は首をすくめた。

「まあ、外野が何言うても、人間結局やりたいようにしかやらんからな。悔《く》いが残っても残らんでも、おまえはおまえのやり方でやるんやろうし」

「励《はげ》まされてんのか突き放されてんのかわかんないんだけど……」

「どっちでもない。客観的な事実を言うてるだけや」

あくまでも冷静に言い切る岸谷に、達弘はうなった。

「かっこいいな、岸谷」

「アホ、真面目な話や」

「え、何？　真木、まだコクってへんのか？　しかも見込みなし？」

坂口が急に生き生きとし始めたそのとき、携帯電話が鳴った。メールの着信音だ。ちょっとごめん、と二人に断ってバッグの中の携帯を見る。

メールの差出人は小出だった。泉田のメールアドレスは聞けていないが、他のメンバーとは交換したのだ。相撲部を訪ねるのは、もちろん泉田に会うためだが、小出たちとも親しくなれたと思っている。

とはいえ、実際に連絡があったのは初めてだ。首を傾げつつメールを開く。――ちょっと相談したいことがあるんやけど、時間もらえんかな。

小出君が俺に相談って、何だろ。


本学に近い場所にあるお好み焼き店は、旨い、安い、ボリューム満点という三拍子《さんびょうし》そろった店だ。サークルの仲間と何度も訪《おとず》れている。

小出からメールをもらった翌日、話を聞く場所として、お好み焼き店を指定したのは達弘だ。相談に乗ってもらうんだから、自分が本学へ行くという律儀《りちぎ》な小出の申し出に応じた。

今朝、急に冷え込んだせいでクローゼットから引っ張り出したジャンパーに首を埋《うず》めて店へと急ぐ。吐く息はわずかに白い。

小出とは一対一で話したことはないが、インパクトの強い千々岩と安井に比べると、かなりおとなしい印象だ。達弘にメールを送るのも、きっと彼なりに決心してのことだろう。

俺が応《こた》えられることだったらいいけど。

「あ、真木君！」

店の前で小出が手を振っている。

反射的に振り返そうとした手がピシリと固まった。小出の横に立つ、スラリと伸びたひきしまった体が視界に入ったからだ。

泉田君だ！

弾《はじ》かれたように二人の元までダッシュする。

「泉田君も一緒なんだっ？」

笑み崩れそうになる顔を必死でひきしめつつ急《せ》き込《こ》むように問うと、泉田は顔をしかめた。

「小出が一人やったら気まずいて言うから」

「あの、ごめん、真木君。僕、自分のことで頭がいっぱいで、泉田も一緒に来てもらうて伝えられてへんかった」

慌てて頭を下げた小出に、いいよー、と心からの笑顔で応じる。

「小出君と俺、二人だけでしゃべったことないもんな。泉田君が一緒の方が話しやすいんだったら、俺は全然かまわないから」

「あ、ありがとう」

感激したように礼を言った小出の横で、泉田がこちらをじっと見つめてくる。切れ長の双眸《そうぼう》から放たれるのは、鋭《するど》くはないが強い視線だ。

「おまえ、俺が一緒やて知らんかったんか」

「うん。聞いてなかったからびっくりしたよ」

「俺が来るて知らんかったのに、来たんやな」

「え、そりゃ来るよ。小出君が相談があるって言ってんだから」

事実をそのまま口にすると、泉田はなぜか言葉につまったようだった。

俺、何か変なこと言ったかな。

わからなかったが、いつまでも店の前で立っているわけにはいかない。

「ここにいても寒いし、とりあえず中入らない？」

促《うなが》すと、二人は慌てたように頷いた。

先に立って引き戸を開ける。たちまち暖かな空気が全身を包んだ。店内は夕食時であることも手伝って、学生客で賑わっている。

幸《さいわ》い奥の席が空《あ》いていた。泉田と小出が並んで座り、達弘は小出の正面に腰かける。

初めて来た店だからか、相談ごとをする前だからか、小出は随分と固くなっているようだ。

泉田はといえば、やはりじっとこちらを見ている。

何だろ。俺、何かしたかな。

緊張を振り払うために、達弘は殊更《ことさら》明るい口調で言った。

「この店、厨房《ちゅうぼう》で焼いてから持ってきてくれるから楽なんだ。ミックスが旨いんだけど、ヤキソバもおすすめ」

「そしたら僕、ミックスにする」

「俺も」

すぐに決めた小出と泉田に、ん、と頷く。

「ミックスだけじゃ足りないと思うから、皆でヤキソバも食おうか」

二人が同意してくれたのを確認してから、お冷《ひや》を運んできた店員に注文する。

店員が去ると、早速《さっそく》小出が物言いたげな視線を向けてきた。

「あの、真木君、相談なんやけど」

「ああ、うん。何？」

「僕、好きな人がおるんや」

思い切ったように言った小出に、そうなんだと応じる。どうやら恋愛相談らしい。

千々岩先輩と安井先輩には恥ずかしくて言えないとしても、俺じゃなくて泉田君に相談してもよかったんじゃないのかな。

あ、でも泉田君、女の子と話すの苦手って言ってたっけ。

ちらと泉田を見遣ると、バチリと目が合った。まだこちらを見ていたようだ。

焦って目をそらした達弘は、小出に向き直った。小出は真剣な口調で続ける。

「バイト先で一緒の人で、ひとつ年上なんやけど、バイトに入ったときから親切にしてくれはったんや。そんで気ぃ付いたら好きになってててん」

一気にそこまで話した小出は気が楽になったのか、ふー、と大きく息を吐いた。

「バイト先の先輩かー。泉田君はどんな人か知ってるの？」

さりげなく尋ねると、いや、と泉田は首を横に振る。

「話は聞いてるけど、見たことも会《お》うたこともない」

おお、ちゃんと答えてくれた。

怒っているから見ていたわけではなさそうだ。内心でほっとしつつ、そっか、と相づちを打ち、再び小出に視線を向ける。

「小出君、何のバイトしてんの？」

「仕出《しだ》し弁当の早朝バイトやねん」

「早朝かぁ。大変だね」

「いや、そんな別に。先輩に会えるし……」

小出の顔は、店内のそう明るいとはいえない照明の下でもはっきりわかるほど赤くなった。

なるほど。好きな人に会えるなら、早朝だろうが深夜だろうが嬉しいだろう。

俺だって泉田君に会えるんだったら、早起きも苦《く》にならないもんな。

「先輩は何してる人?」

「美容系の専門学校生やて聞いた」

「きれいな人なんだね」

小出は無言でこくりと頷く。耳まで真っ赤だ。

これはもしかしたら初恋かも……。

だからこそ、どうしていいかわからないのかもしれない。

「連絡先は交換してないの?」

「してへん」

「二人きりじゃなくても、職場の人と一緒に遊びに行ったりする?」

「いや、いっぺんも遊びに行ったことない」

「ほんとに職場で会うだけ?」

「うん。他では会《お》うたことない」

「じゃあまだコクってないんだね。相談って、どうやって告白したらいいかってこと?」

「ん。できたら、来月の大会を観に来てもらいたい思て……」

ふっくらした体を恥ずかしそうに縮《ちぢ》めた小出に、そっかー、と頷く。

相手に少しでもその気があれば、携帯の番号なりアドレスなりを交換しようと言ってくるはずである。言わないのは、恋愛対象として見ていないからだ。

泉田君も言わないし。ていうか教えないってはっきり言われたし……。

先ほどから口を挟《はさ》まずに黙っている泉田を、再び見遣る。またしてもバチリと目が合ってしまい、達弘は慌てて視線をそらした。

うわ、物凄く見られてる。

心臓がドキドキと鳴っているのを感じつつ、ゆっくり言葉を選ぶ。

「俺もそんなに恋愛経験が豊富なわけじゃないから参考になるかわかんないけど、とりあえずバイトとは別に時間を作ってもらったらどうかな。他の同僚もいるだろうし、バイト先で話すのはまずいだろ?」

「それは確かに……。けど時間を作ってもらうて、どうやって?」

「そこは面と向かって、ちょっと時間もらえますかって言うしかないよ」

「そうか……」

彼女を誘う場面を想像したのだろう、早くも緊張してきたらしい小出に笑いかける。

「コクろうっていうんだから、それくらいはがんばらないと。バイト先の近くに女の子が好きそうなカフェとかあったら、そういうところに来てもらったらいいと思う。後はもう直球で好きですってコクればいいんじゃないかな」

「女の子が好きそうなカフェてどういう店？」

小出が不安そうに尋ねたそのとき、ちょうどお好み焼きが運ばれてきた。たちまち食欲をそそるソースの香りが漂《ただよ》う。

「とにかく食べよ。カフェのことは食べながら話そう」

促したものの、既にガチガチになっている小出は無言で頷いただけだった。

泉田はといえば、こちらも無言で頷く。

しかもまた見てるし。

最近はにらまれることはなくなったけれど、こんなにじっと見つめられることもなかった。

初対面でめちゃめちゃ見ちゃったから、そのお返しかな……。

店を出ると、冷たい風が吹きつけてきた。しかし店内の暖房と、お好み焼きとヤキソバで温められた体には堪《こた》えない。

でも味はよくわかんなかったけどな……。

泉田がじっと見つめてきたせいだ。何度も目が合って、まるで少女まんがの主人公のように、もじもじドキドキと胸を高鳴らせてしまった。

だって恥ずかしいっていうか、照れくさいっていうか。

「あいつ、大丈夫やろか」

隣を歩く泉田のつぶやきが聞こえてきて、達弘は前方を歩く小出を見た。

どうやって誘うかシミュレーションをしているらしい。お時間もらえますか、ちょっといいですか、などとぶつぶつ言っている。

スマートフォンでカフェを検索したのは達弘だ。女の子が好きそうな店て俺にはさっぱりわからん、とおろおろする小出のために、いくつか候補を挙げ《あ》た。そこまではよかったが、花束を用意した方がいいだろうかと至極《しごく》真面目に尋ねられ、慌てて止めた。

「両想いだったらいいけど、うまくいくとは限らないからなあ。うまくいかなかったときのことも考えとかないと」

それとなく忠告したが、小出はほとんど聞いていなかったようだ。告白するだけで手一杯らしい。

「そしたらおまえは考えてたんか？」

ふいに問われて、達弘は横にいる泉田を見た。思ったよりも近くにすっきり整った横顔があって、ドキ、と心臓が鳴る。狭い歩道を歩いているので、二人の距離は二十センチほどだ。

あ、やっぱり泉田君の方がちょっとだけ俺より身長低い。

それに、俺と近い距離で歩くのを嫌がってないみたいだ。

ごく自然に歩く動作でそれがわかって、じんわりと嬉しくなる。

「どうやねん」

真っ黒な瞳ににらまれ、達弘は我に返った。あ、うん、と慌てて頷く。

「考えてませんでした……」

「完全に勢いやったよな」

「や、そんなことは」

「あるやろ」

食い気味にツッこまれる。

確かに勢いだった。けれど。

「だって！　俺の場合は小出君みたいにバイト先で会えるわけじゃないし、大学で会えるわけでもないだろ。だから、あのとき言わないと、もうチャンスがないと思って」

わたわたと両手を動かして言い訳をしたのがおもしろかったらしい。はは、と泉田は声を出して笑った。

「小出にはいろいろアドバイスしとったけど、実際はそんなもんか」

「そ、そこは臨機応変《りんきおうへん》だよ。小出君と俺じゃいろいろ全然違うだろ」

「まあな」

頷いた泉田は、小さく笑った後、ふと息を吐いた。

「悪かったな」

「え、何が？」

「先輩らと仲良うすんのは、百パーとは言わんけど、半分以上は俺へのアピールやと思《おも》てたんや。小出がおまえに相談するからついて来てほしいて言うてきたときも、おまえは俺にええカッコしたいから相談に乗るんやと思た。けど違《ちご》たんやな。ほんまに皆と仲良うなっとったんや」

今まで一度も見たことがない穏やかな視線を向けられ、ドキ、と心臓が跳ねた。一瞬で顔が赤くなったのをごまかすために頭をかく。

「や、そんな、小出君も千々岩先輩も安井先輩も、皆良い人だから。それに相撲もおもしろいし」

ああ、と泉田はふいに思い出したような声をあげる。

「そういやテラウチも、最初おまえに俺の居場所聞かれたときは、絡《から》まれるか思てびびったらしいぞ。普通に道聞かれて礼言われたて感心しとったわ。俺と関係あるかわからん初対面の奴にも礼儀正しいてことは、普段からそうやってことやもんな。裏表がないんや」

柔らかい口調に、ますます顔が熱くなる。

うわ、何これ。褒《ほ》め殺《ごろ》し？

いやいや、普通に褒めてくれてるだけだ。

嬉しいけれど、猛烈に照れくさい。

「や、でも、泉田君にいいカッコしたい気持ちが全然ないかっていうと、そんなことはなくて、やっぱりいい奴って思ってもらいたいっていう下心はあるよ」

うんと頷いてみせると、泉田はあきれた顔になった。

「アホ、そんなこと俺にばらしてどうすんねん。黙っとったらわからんのに」

「そうだけど、あんまりいい奴って思われすぎちゃうのもどうかなと思って」

「はあ？　ええ奴と思われたいんか、思われたないんか、どっちやねん」

「や、適度に悪い男だと思っててもらわないとですね……」

もぐもぐと答えると、ぶは、と泉田は派手に噴き出した。

「おま、おまえが、わる、悪い男て……！」

「ちょっと、何だよ。笑うなよ。泉田君が知らないだけで、俺、ほんとに悪い男なんだからな」

恥ずかしくてむきになったが、余程《よほど》「悪い男」がつぼにはまったらしい。泉田は顔を背《そむ》けて笑い続ける。泉田の全開の笑顔を見るのは初めてだ。

めちゃめちゃカワイイ！

恥ずかしさを忘れて見惚れている間に、小出がこちらの賑やかなやりとりにようやく気付い

たようだ。振り返って足を止める。

「何や、どうしたんや」

「何でもないよ」

歩み寄ってきた小出に焦って言うと、泉田はやはり笑いながら答える。

「真木が、自分で自分のこと、悪い男やて言いよるから」

「冗談だよ、冗談！」

「冗談やったんか？」

「いや！　あの、男はちょっと悪いとこっていうか、謎なとこがあった方がいいってことで」

しどろもどろで答える。

するとと今度は小出が笑った。

「泉田と真木君、仲ええんやなあ」

え、と声をあげたのは達弘だけでなく、泉田も同じだった。思わず顔を見合わせる。

泉田の整った面立ちに驚きの表情はあったものの、嫌悪の色はなかった。

ほっとして泉田に笑いかける。

「仲、悪くはないよね」

遠慮がちに、しかしわずかながら期待を込めて言った達弘に、泉田は瞬《まばた》きをした。我に返ったらしく、慌てたように笑みを浮かべる。

「まあ、悪うはないな」

泉田の答えに、じわりと胸が熱くなった。

小出君に気を遣っただけかもしれないけど、それでも嬉しい。


達弘が緑の孤島へ向かったのは、小出に恋愛相談を受けた二日後だった。

早くも太陽が傾きかけてきたせいだろう、吹きつけてくる風は本学より随分と冷たい。厚手のコートを着てきて正解だった。

すっかり通い慣れた稽古場への道を歩いていた達弘は、前方に泉田のスラリとひきしまった後ろ姿を見つけた。

「泉田君！」

思わず呼ぶと、泉田は振り返った。達弘に気付いた彼は、小さく笑みを浮かべる。

笑ってくれた！　しかも立ち止まってくれた！

嬉しくてたまらなくて、達弘は飼い主に呼ばれた犬のような勢いで駆け寄った。

「今から稽古？」

「ああ。おまえはまた見学か」

「うん。あと安井先輩に借りたＤＶＤを返しにきた」

「ＤＶＤて、大相撲のか？」

歩き出した泉田と肩を並べつつ、うんと頷く。安井に貸してもらったＤＶＤは、過去の名勝負ばかり集めたものだったせいか、見応《みごた》えがあった。

「行司《ぎょうじ》さんの服とか見ると、もとは神事だったんだなあって思うけど、取り組み見たら格闘《かくとう》技《ぎ》だなって思ったよ。それもけっこう危険な格闘技だよな。防具をつけるわけじゃないし、体重別で分けられてるわけでもないし」

「学生相撲は体重別の大会があるけどな」

「え、そうなの？」

「ああ。千々岩先輩は前に一回、全国で三位にならはったことある」

「マジで？　凄いな！」

泉田がテンポよく応じてくれることが嬉しくて、はしゃいだ口調になってしまう。

大学の構内の道は広いが、泉田との距離は二十センチほどである。一昨日《おととい》、狭い道を歩いていたときと変わらない。あのとき少しは心を開いてくれたように思えたが、気のせいではなかったようだ。

「そういや小出が昨日、例の彼女を誘《さそ》たらしい。今日の昼、カフェで待ち合わせすることになったて言うとった」

「ああ、ちゃんと誘えたってお礼のメールがきたよ」

小出からメールが届いたのは昨夜だ。カフェの名前をあげて誘うと、彼女が行ってみたかった店だったそうで、よく知ってるねと褒められたと書いてあった。文章を読んでいるだけでも、小出の弾んだ気持ちが伝わってきた。

昼はとうにすぎたが、結果報告のメールはまだ来ない。うまくいって、そのまま二人でデートしてるんだったらいいけど。

「小出君、今日はもう大学に来ないのかな」

「いや、稽古は休まへんて言うとったから来るやろ」

「真面目だな。偉い」

「人を褒めてる場合か。そう言うおまえはちゃんと講義出てるんやろな」

じろりとにらまれたが、柔らかい物言いだった。すっきりとした口許《くちもと》は笑んでいるし、黒い瞳そのものには親しげな優しい光が宿《やど》っているため、少しも怖くない。

嬉しくてたまらなくて、達弘はニコニコと笑ってしまった。

「出てるよー。前より真面目に勉強してるかも」

「へらへらしやがって。ほんまやろな」

「ほんとほんと」

何度も頷いたそのとき、前方の校舎と校舎の間から小柄でふっくらとした体型の男が出てきた。足取りは重く、心なしかふらふらしている。

「あ、小出君」

咄嗟に呼ぶと、小出は足を止めた。

ゆっくり振り返った彼の顔を見て、わかってしまった。

ふられちゃったんだ……。

達弘は思わず泉田を見た。泉田も同じタイミングでこちらを見遣る。

とにかく話を聞くべく、達弘は泉田と共に小出に駆け寄った。


カフェに現れた小出のバイト先の先輩は、女友達と一緒だったらしい。一度は怯《ひる》んだものの、せっかく勇気を出して誘ったのだからと、女友達がトイレに立ったときに思い切って告白したそうだ。すると彼女は笑い出した。

まさかとは思てたけど、やっぱり勘違いしとったんやな。親切にしたんは仕事やからや。自分のルックス考えたら無理やてわかるやろ。ていうか私が友達と一緒に来た時点で見込みないてわからへん？　空気読んでや。

小出の話をまとめると、そんな感じのことを言われたらしい。とはいえ小出は女性をかばう物言いをしていたから、実際はもっと残酷なことを言われたのかもしれなかった。

「ひどいな」

「うん、ひどい」

泉田の言葉に頷く。小出から話を聞いたのは、構内のカフェだ。ぽつりぽつりと話し終えた小出は、今日はやっぱり一人になりたいから稽古休むわと言って帰っていった。まだ愚痴《ぐち》や泣き言を言う状態ですらなかったようだ。何かあったらすぐ連絡しろよという泉田の言葉には頷いていたので、とりあえず大丈夫だろうと見送った。

残された達弘と泉田は、一応相撲部に顔を出したものの、何となく早めに切り上げた。千々岩と安井は小出が稽古に来なかったことで、彼に何かあったと悟《さと》ったらしい。小出の奴どうしたんやと事情を聞きたがったが、詳しいことは話さなかった。小出本人がいないところで説明するのは憚《はばか》られたのだ。

無理矢理聞き出そうとしないところは、やっぱりいい人たちだよな。

改めて実感しつつ窓の外を見遣る。ゆったり流れてゆく景色は、既に夜の闇に包まれていた。

泉田と共に乗った最寄《もよ》り駅へ向かうバスは、座席の半分くらいが埋まっている。全員が大学の学生や職員だ。

「うまくいかないこともあるって、小出君も頭ではわかってたと思うんだ。けど、実際にふられるのとは話が違うよね」

「そやな」

ため息まじりに頷いた泉田は、そんでもなあ、と顔をしかめる。

「他に好きな人がおるとか、カレシがおるとか、恋愛対象としては見れんとか、そういうふり方やったらわかるんやけどな」

「うん。それだったら小出君も、あそこまで落ち込まなかったと思う」

そういえば俺が泉田君にふられたときも、そういう対象としては見れないって言われたっけ。迷惑だと拒絶されたが、気持ち悪いと罵倒《ばとう》されたり、バカにされたりはしなかった。きっぱりふられたにもかかわらず、懲《こ》りずに会いに行こうと思えたのは、そうした泉田の態度が大きかったかもしれない。

達弘は隣に腰かけている泉田をそっと見遣った。整った横顔はきれいだ。何度見てもこれ以上ないくらい好みである。

俺は凄くラッキーだったんだな。

泉田には一目惚れだったけれど、今は見た目だけではなく中身も好きだ。

「明日一日ぐらいは、そっとしといたった方がええかな」

心配そうな口調に、そうだねと頷く。

「明後日《あさって》くらいにご飯にでも誘おうか」

「ああ。俺が誘う」

「うん、頼むよ」

バスが大きく揺れる。その拍子に肩が触れた。

ビク、と反応したのは達弘だけで、泉田は平然としている。

「あ、けど俺、おまえの携帯のアドレス知らんわ。時間とか場所決めたら連絡するし、アドレス交換してくれ」

えっ！　と達弘は大きな声を出してしまった。

泉田はといえば、達弘のリアクションに驚いたようだ。え、とこちらも声をあげる。

達弘の驚きの表情を間近に見て、ようやく自分が言ったことの重大性に気付いたらしい。あ、とまた声をあげた。やがて決まりが悪そうに目をそらす。

「いや、その……、まあ、あれや。お互いに連絡先ぐらいは知っとってもええかなと思て」

「それってどういう意味？」

恐る恐る尋ねると、泉田はカリカリと短髪をかいた。

「どういう意味て、そのままの意味や」

「そのままって……」

俺には教えないって言ってたじゃん。

教えてくれるってことは、少しは俺を好きになってくれたってこと？

それとも、ただ便利だから知りたいってこと？

泉田が黙り込んでしまったので、わからない。

でも、最近泉田君とはかなり仲良くなれてたよな。

ひょっとしたら、もしかしたら、俺の気持ちに応《こた》えてくれる気になってくれたのかも。

ここ数日の泉田の態度を思い出してぐるぐると考えているうちに、バスは大きくカーブを描いて駅のターミナルに入った。終点だ。バスが停まって、通路側に座っていた泉田が無言で立ち上がる。達弘も慌てて後に続く。

バスを降りると、強い風が吹きつけてきた。思わず首をすくめたそのとき、前を歩いていた泉田がふいに立ち止まる。つられて達弘も立ち止まった。

同じバスから降りた学生や職員が、次々に追い越していく。田舎の小さな駅だ。あっという間に周囲に人がいなくなる。

それを待っていたかのように、泉田が振り返った。すっきりと整った面立ちには、真剣でありながら、困惑したような表情が映《うつ》っている。

「真木は、その……、俺のこと、ほんまに恋愛の意味で好きなんか」

他の誰かに問われたなら、バカにしているのかと腹が立ったかもしれない。なにしろ泉田には一目惚れしたとはっきり告げたし、彼の体を見て鼻血まで出しているのだ。

しかし不思議と腹は立たなかった。泉田の戸惑いが伝わってきたからだ。

たぶん、泉田君にはほんとの意味で実感がなかったんだろう。

否、頭ではわかっていても、心ではわかっていなかったというべきか。達弘の告白を冗談だとは思っていなかったにしても、物凄く変な奴、くらいにしか認識していなかったのかもしれない。

でも、今更嘘はつけない。

「恋愛の意味で、好きだ」

泉田が聞き間違えないように、ゆっくりと告げる。

泉田は直線的な眉を寄せた。視線があちこちに飛ぶ。が、次の瞬間には勢いよく頭を下げた。

「ごめん。真木は友達としてええ奴やと思うけど、俺はやっぱり、そういう風には見れん」

こちらも聞き間違えようのない、はっきりとした物言いだった。
ス、と全身から血の気《け》がひく。同時に、何か重いものが腹の底にどん、と落ちた気がした。
泉田がアドレスを交換しようと言ったのは、単純に友達として仲良くなれたと思ったからだ。

そうだよ。俺と肩が触れても、何も感じてないみたいだったじゃないか。

なぜ応えてくれるのではないかと期待してしまったのだろう。泉田は最初から、男に好かれても迷惑だと言っていたのに。

達弘は強く拳《こぶし》を握りしめた。ひどく困った顔をしたまま見つめてくる泉田に、無理矢理笑ってみせる。

「泉田君、俺がコクッたとき無理だって言っただろ。それわかってて仲良くしてもらったのは俺の方なんだから、気にしないで」

「そうやけど……。恋愛対象としては見れんでも、友達としてはほんまにええ奴やと思うから」

恐らく嫌いではないということを伝えたいのだろう。真剣な物言いだ。

ああ、泉田君は優しいな。俺はほんとにいい人を好きになった。

しかし今は、その優しさが辛《つら》い。

「ありがと。あ、もうすぐ電車来るよ。早く行かないと」

泉田が乗る電車は達弘とは反対の方向で、しかも一時間に二本しかない。乗り遅れると三十分待ちだ。それを言い訳にして、達弘は駅の階段へと早足で歩き出した。泉田は横に並ばず、少し後をついてくる。

おかげでじわりと滲《にじ》んだ涙は、泉田に見られずに済んだ。


「せやからおまえの望むようにはならんて言うたやろ」

岸谷《きしたに》のため息まじりの物言いが聞こえてきて、達弘《たつひろ》は視線だけをちらと上げた。

正面に腰かけた岸谷はあきれ半分、同情半分の顔でこちらを見下ろしている。

構内にあるカフェは、講義中ということもあってそれほど混んではいない。達弘が突《つ》っ伏《ぷ》しているのは、ほとんど人気《ひとけ》がない一番奥のテーブルだ。

「わかってたけど、はっきり言われると改めてショックだったんだよー……」

力のない声で言うと、はー、と岸谷はため息を落とした。

よく考えたら俺、泉田《いずみだ》君に二回ふられたんだよな……。

しかも二回目——昨日は決定的にふられた。ただでさえ男同士で、泉田はゲイではないのだ。人となりを知り、ある程度親しくなった上で、それでも恋愛対象として見られないと言われたら、もうどうしようもない。

昨夜《ゆうべ》、別々のホームへ下りる直前まで、泉田は物言いたげな様子だった。けれど達弘は敢《あ》えて何も言わず、またね、とだけ声をかけてホームへ下りた。笑顔を作れていたかどうかは、よくわからない。

何とかマンションへたどり着いたものの、胸が痛くて苦しくてほとんど眠れなかった。完全に寝不足だったが、部屋に一人籠《こも》っていると果てしなく落ち込みそうだったので、どうにかこうにか大学へ出てきたのだ。ふらふらと構内を歩いているところを岸谷に確保され、カフェに連れてこられた。

「泉田から連絡あったか?」

「あるわけないだろ……。泉田君、俺の連絡先知らないんだから……」

「え、マジでか」

「マジです……」

頷いてみせると、ふうん、と岸谷は感心したような相づちを打った。男である達弘が男にふられて落ち込んでいるとわかっているだろうに、嫌悪《けんお》も好奇心も見せない。

「岸谷は何で引かねぇの？」

「何で引かなあかんねん」

「や、だって、俺も泉田君も男だし……」

小さな声だったが、岸谷にはちゃんと届いたらしい。彼は動揺する様子もなく首を傾《かし》げた。

「そこは別にええやろ。失恋は失恋や、男も女も関係あるかい。だいたい、ゲイの友達もオネエの友達も、生まれたときの体が女やった男友達もおるけど、皆ええ奴やし」

淡々と言ってのけた岸谷の顔に、やはり嫌悪の表情は全くなかった。顔の広い岸谷のことだ。本当に様々なマイノリティの友人がいるのだろう。

「おまえ、すげぇな……」

「別に凄《すご》いことない。いろんなハードルが低いだけや。そういうのがわかる奴にはわかるんやろ」

そっかー、と達弘はつぶやいた。

目の前にあるすっかり冷《さ》めてしまったコーヒーは岸谷の奢《おご》りだ。

「俺、岸谷を好きになったらよかったなー……。おまえだったら万が一でも応《こた》えてくれたかもしんないし……。ダメだったら、最初から完璧にフッてくれそうだもんなー……」

「おいおい、泉田かてちゃんと勘違いせんようにフッたんやろが。それに俺はおまえをそういう対象には見れん」

「泉田君にもそう言われた……」

泉田の困りきった顔を思い出して、じわりと涙が滲《にじ》む。

「泉田君……」

「うわ、もー、思い出し泣きすんなや」

岸谷がため息を落としたそのとき、足元に置いておいたバッグの中でメールの着信音が鳴った。今は誰からのメールであれ、とても見る気分ではない。

確認することなく放置していると、おい、と岸谷に声をかけられた。

「泉田とちゃうか？」

「だから、泉田君は俺のアドレス知らないって言っただろ」

「誰かに聞いたかもしれんやろ」

小出《こいで》、千々岩《ちぢいわ》、安井《やすい》の顔が脳裏《のうり》に浮かんだ。彼らは達弘のアドレスを知っている。三人のうちの誰かに聞いたのかもしれない。

ひょっとして、まさかほんとに泉田君？

そろりと顔を上げた達弘は、はなをすすりながらバッグを引き寄せた。スマートフォンを取り出し、恐る恐るメールを確認する。

差出人は、泉田ではなく千々岩だった。

前に言うてた合コン、やってくれへんか。俺と安井だけやのうて小出も一緒に。小出の失恋の痛手を新しい恋で癒《いや》すんや！　かわいい女の子頼むぞ！

「かわいい女の子って……」

自分が合コンをしたい気持ちももちろんあるのだろうが、千々岩なりに小出を励《はげ》まそうとしていることが伝わってきた。しかしタイミングが悪すぎる。

小出君もまだ合コンどころじゃないだろうし、俺も本格的に失恋しちゃったから合コンどころじゃない……。

がっくりと肩を落とした達弘に、どうした、と岸谷が尋ねてくる。無言でスマートフォンを差し出すと、彼は素早く文面を読んだ。

「千々岩さんと安井さんと小出君て、相撲部《すもうぶ》のメンバーやろ」

「知ってるのか？」

「会《お》うたことはないけど、名前だけは泉田に聞いてる。おまえ、合コンしましょうて誘《さそ》てたんか？　いや、ちゃうな。合コンするときは誘てくれて頼まれたんや」

「よくわかるな……」

「泉田が好きやのに、自分から合コンしましょうなんて言わんやろ」

あっさり言ってのけた岸谷は、うーんとうなって腕を組んだ。何事かを考えているらしく、しばらく沈黙する。

邪魔をしないようにおとなしくコーヒーを飲んでいると、岸谷はふいに大きく頷いた。

「わかった。おまえと相撲部のメンバーで合コンするぞ。俺が幹事したる」

ええっ！　と達弘は声をあげた。

「何で？　やだよ。そんな気分になれない」

抗議したが、岸谷は眉ひとつ動かさない。

「そんな気分になれませんて先輩らに言えるんか？　ほんまのことを言えん限り、やるしかないやろ」

「失恋した相手が泉田君だって言わないで、失恋したことだけ言えばいいと思う……」

「けどおまえ、この先もう相撲部へ行く気ないんやろ。行ったとしても気持ちの整理がついた後やから、もっとずっと先になる。どっちみち先輩らとの約束はナシになるか、かなり後になるわけや」

「う……」

千々岩と安井の顔が脳裏《のうり》に浮かんだ。

二人とも、突然やってきた達弘をあたたかく迎えてくれた。少々ガサツでデリカシーがないところもあったけれど、気のいい人たちだった。

それに失恋した小出君を、ちゃんと励ましてあげられてない。

彼らとの関わりと、泉田に失恋したこととは別の話だ。

「……わかった。千々岩先輩に連絡する」

頷いてみせると、岸谷はようやくニッコリ笑った。

「よし。そしたら一週間後に合コンな」


岸谷が合コンのために用意した場所は、本学に近い場所にあるちゃんこ鍋店だった。参加するのは女五人、男五人の計十人だ。

女性たちは友達同士ではなく、各々《おのおの》岸谷の友人という共通項があるだけのメンバーだった。どこで知り合ったのか、他大学の学生、アニメの専門学校に通っているという学生、二十代半《なか》ばの看護師等、年齢も職業も様々である。同じような服装や髪型の女の子たちとしか合コンをしたことがなかったので新鮮だ。

男は岸谷と達弘、そして小出、千々岩、安井の五人の予定だった。最初から乗り気の千々岩と安井はともかく、小出は最初、気が進まなかったようだ。達弘にも、どうしようと相談する電話がかかってきた。合コンとか考えないで、普通の飲み会だと思ったらいいって。もし退屈でも俺もいるから一緒に飲もう。達弘の誘いに、小出は嬉しそうに、うんと頷いてくれた。

しかし今、畳《たたみ》の個室にいる男は六人である。

「何で泉田君を呼んだんだよ」

左端に座った達弘は、右端に座っている泉田を気にしながら、横にいる岸谷にこそこそと耳打ちした。

「俺は呼んでへん。勝手に来よったんや。泉田のせいで五対六になってしもたやないけ」

「そんなこと俺に言われても」

岸谷が珍しく困惑しているのを見て、嘘ではないと悟《さと》る。

自己紹介を始めたとき、個室の襖《ふすま》がスラリと開いた。入ってきたのは泉田だった。

ぎょっとして目を丸くした達弘を一瞥《いちべつ》した後、こんばんは、と彼は一同に礼儀正しく頭を下げた。泉田です。短く名乗って腰を下ろした。

せっかく忘れようって思ったのに、何で来るんだ。

この一週間で、少しずつ前向きな気持ちになってきていた。ふられたからといって、好きな気持ちは急になくならない。まだ泉田が好きだ。それでいいのではないかと思えた。無理に消す必要はない。いつか自然に消えるときまで待てばいい。

それなのに直接顔を見ちゃったら、いつかとか自然とか、そんなの全部吹っ飛んじゃうだろ!

「わー、めちゃめちゃ固い！　ほんまに鍛《きた》えてんねんな」

「いやー、そんなたいしたことないっすよー」

上機嫌で笑っているのは千々岩だ。シャツの上から彼の腕の筋肉を触っているのは、看護師の女性である。

いい雰囲気だな、千々岩先輩……。

安井も専門学校生と楽しそうに話しているし、小出もおとなしそうな他大学の女子学生と話している。

突然現れた泉田に、千々岩たちも驚いたようだ。が、特に彼を問いつめることもなく、そんなに来たかったんやったら最初から言え、と笑って受け入れた。

千々岩、安井、小出の三人は、きっと稽古場で合コンの話をしていたはずだ、泉田が合コンのことを知っていても不思議はない。

でも何で来たの？　俺も来るってわかってたよね？

しかも泉田は、ちゃんこ鍋が運ばれてきて和《なご》やかな雰囲気になった今もこちらをにらんでいる。

何でにらむの？　ふったのは泉田君だよね？　俺じゃないよね？

野菜や魚介類がたっぷり入った鍋は旨《うま》いはずなのに、少しも味がしない。

もそもそと頬張《ほおば》っていると、女性たちの中で一番今時の格好《かっこう》をした女子学生が近寄ってきた。

肩まで伸ばした栗色の髪と、アイメイクがしっかり施《ほどこ》された大きな瞳が印象的だ。

「真木《まき》君、鍋嫌いなん?」

言いながら、彼女は達弘の隣にさりげなく座る。

達弘は完全な愛想笑《あいそわら》いで応じた。

「いや、そんなことないよ」

「嘘やー。さっきからほとんど食べてへんやん。しかも全然美味《おい》しそうやないし」

「いやいや、美味しいよ。誰に声かけようかなって考えてたから、ちょっと食べるのが遅くなっちゃっただけ」

泉田が気になって、返事がどうしても上《うわ》の空になってしまう。

泉田は一人黙々《もくもく》と鍋を食べている。今、横に座った女の子も最初は泉田に話しかけていたが、彼がろくに返事をしなかったせいで達弘をターゲットにしたようだ。

て、俺もずっと泉田君ばっかり見ちゃってるし!

「真木君て関西の出身とちゃうよな」

「あ、うん。俺、東京」

「そうなんや。東京にもいっぱい大学あるのに、何でわざわざ大阪に来たん?」

「親戚がこっちにいるんだよ」

「ふうん。あ、とったげようか?」

達弘の取り皿が空《から》になったことに気付いた女の子が、手を差し出してきた。ありがとうと機械的に礼を言って皿を渡す。

「真木君、何が好き? 好き嫌いないから」

「あー、何でも。好き嫌いないから」

やはり上の空で答えつつ、ちらと泉田を見る。刹那《せつな》、しっかり目が合ってしまい、達弘は慌てて視線をそらした。

うわ、やっぱりめちゃめちゃ見られてる。

正直、会えたのは物凄《ものすご》く嬉しい。声が聞けたことも嬉しい。

けれど同時に、苦しくてたまらない。会わない間もずっと疼いていた胸が、生傷を抉《えぐ》ったかのようにズキズキと強く痛む。

だって俺はこんなに好きなのに、泉田君は俺を好きになってくれないんだもん……。

「はい、どうぞ」

「ああ、ありがと」

皿を受け取った手とは逆の手を、なぜか女の子がつかまえた。腕時計をつけた達弘のその手を、ぐいと自分の方へ引き寄せる。

「さっきから気になってたんけど、めっちゃカワイイ時計してんな!」

「ああ、従姉妹《いとこ》が大学の合格祝いにくれたんだ。従姉妹の友達に時計職人がいて、オーダーメイドなんだって」

「へえ、腕時計にもオーダーメイドなんかあるんや。ええなあ。カワイイ」

女の子は達弘の腕を持ったまま、腕時計をためつ眇《すが》めつする。壊される心配はなさそうだし、振り払う気力もないので好きにさせておく。

「イトコて女の人？」

「うん。七つ上の社会人」

「へえ、こんなセンスのええお祝いくれるイトコがおってええなあ。真木君て兄弟おるん？」

「兄貴が一人いる」

「そうなんや。私は弟がおるねん」

「へー、そうなんだー」

ぼんやりと相づちを打っていると、ふいに背後で人の気配がした。反射的に振り返る。

ほぼ同時に、女の子につかまれていない方の腕を強い力でつかまれた。そのままぐいと乱暴に引っ張られ、自然と女の子の手がはずれる。

驚きと痛みで見上げた先には泉田がいた。その顔には、初めて見る怒りの表情が映《うつ》っている。なまじ造作《ぞうさく》が整っているだけに、色をなくした表情は恐ろしい。

「おまえ、どういうつもりや」

「どういうって……」

「あれからイッコも連絡してこんと、合コンなんか来やがって」

「や、だって俺、泉田君の連絡先知らないし……」

泉田がなぜ怒っているのかがわからず、まごまごしながら答えると、彼はカッと目を開いた。

達弘の腕をつかむ指先にも力がこもる。

「聞けや！　岸谷か小出に聞いたらわかったやろ！」

「え、でもそんなことしたらストーカーになっちゃうだろ」

「連絡するぐらいでストーカーになるかアホ！」

頭ごなしに怒鳴られて、じわりと涙が滲《にじ》んだ。

何だこれ。何で俺が怒られんの。意味わかんねぇ。わかんねぇけどひどい！

「なるよ！　だって嫌がんだろ！　迷惑だろ！」

「迷惑やて言うた覚えはない！」

「言ったのと同じだよ！　だって俺のこと」

恋愛対象としては見れないって言ったじゃないか！　と続けようとした言葉は、ストップ！

という岸谷の鋭い声に遮《さえぎ》られた。

ハッと我に返る。

周囲を見まわすと、苦《にが》りきった顔をした岸谷を除《のぞ》いて、全員がぽかんと口を開いてこちらを見ていた。

どっと冷や汗が全身に噴き出す。

うわ、俺すげぇこといっぱい言っちゃった……！

どう切り抜けていいかわからなくて咄嗟《とっさ》に愛想笑《あいそわら》いを浮かべたそのとき、泉田が放り出すように達弘の腕を離した。間を置かずに踵《きびす》を返して障子《しょうじ》を開け放ち、個室を出ていく。

考えるより先に体が動いた。バネ仕掛けの人形のように勢いよく立ち上がり、畳の部屋を出る。スニーカーを履《は》きながら出入り口へ向かうと、引き戸を開けて出ていく泉田の背中がかろうじて見えた。慌てて後を追う。

外へ飛び出した途端、冷たい風が吹きつけてきたが、達弘は怯《ひる》まずに泉田を追いかけた。

「泉田君！」

呼んだ声に、繁華街《はんかがい》の明かりと街灯に照らされた泉田の背中がビク、と反応したのが見えた。

しかし立ち止まらない。

絶対追いついてやる！

これでも中学高校と陸上部の短距離ランナーだったのだ。歯を食いしばって本気で走ると、あっという間に距離が縮《ちぢ》まる。

「待って！」

肩をつかむと、ようやく泉田は走るのをやめた。

「くそ……！　何でおまえ、そんな足速いねん……！」

「ずっと、短距離やってたから」

「陸上部やったんか……」

「うん、そう」

「ただの、チャラい男やなかってんな……」

「だから、俺は別にチャラくないって」

大学に入ってからは週末にサークルでフットサルをするくらいだったから、かなり体が鈍《なま》っている。高校の頃のようには、すぐに息が整わない。肩で息をしながら尋ねる。

「なあ、何で、あんなこと言ったの」

「あんなことて……」

泉田がもう逃げようとはせずに尋ね返してきたので、達弘はそっと手を離した。

「や、だから、何で連絡してこないんだとか、迷惑じゃないとか。ていうか何で怒ったの？ その前に何で今日来たの？ 俺が来るってわかってただろ」

次々に出てきた疑問を、そのまま口にする。

すると泉田は屈《かが》めていた背を伸ばし、大きく息を吐いた。

泉田に追いついたのは、ちょうど繁華街のはずれだ。店のネオンからも街灯からも離れているので、ごく淡い光しか届かない。そのため、薄暗くて表情がわかりにくい。

「そのまんまの意味や」

「そのまんまって」

「おまえが連絡してこんから腹が立ったんや」

「だって、アドレス聞いちゃだめだって……」

「だめて言うとったかて、本気で好きなんやったら聞けや。聞いて連絡してこい」

「無茶言わないでよ。いくら俺でも、三回も失恋するのはきついよ」

怒気を含んだ口調にまたしても泣きそうになるのを堪《こら》えて言うと、泉田は言葉につまったようだった。しかし納得したわけではないらしく、苛立《いらだ》つ気配が伝わってくる。

「そんでも、好きなんやったらしてこいや」

「や、だから。まあ俺の失恋は置いとくとしても、ふられたのにそんなことしたらストーカーだろ」

「俺はストーカーとは思わん」

「だから、何で？」

「何でてそんなん、俺かてわからん！」

いきなり怒鳴られて唖然《あぜん》としている間に、泉田は続けた。

「恋愛対象には見れんて改めて言うたあの日から、おまえが顔見せんようになってイライラした。そんでも俺はおまえを恋愛対象には見れんのやからしゃあないて、自分に言い聞かせとった。それやのに、おまえが合コンするて先輩らに聞いて。俺があかんてわかったからもう次にいくんかと思たら、めちゃめちゃ腹立った」

「……それで自分も合コンに来ちゃったの？」

達弘の問いに、泉田は更にムッとしたようだった。薄暗くても、きつく眉を寄せたのがわかる。

「しゃあないやろ、ほんまに腹立ってんから。そしたらおまえ、早速《さっそく》女の子とええ雰囲気になってるし、ベタベタ触ってるし」

「ちょ、俺触ってないから！　勝手に触られてただけだから！」

「拒否らんかったんやから、触ってようが触られてようがどっちでも同じや！　接触は接触やろ！」

すかさず言い返してきた泉田に、せっしょくって、と間の抜けた声をあげてしまう。泉田がこんな風に感情を高ぶらせている様を見るのは初めてだ。

——ちょっと、俺だけでも落ち着いて整理しよう。

要するに泉田は、達弘が合コンに参加するのが嫌だったのだ。どうしても嫌で、わざわざ自分もその合コンに足を運んだ。しかも達弘が女の子と親しげにしているのを目の当《ま》たりにして、より一層腹を立てた。

導き出される答えは、ひとつしかない。

「……泉田君」

「何や」

「俺のこと好き?」

意を決して尋ねたせいで声が震えた。静まってきていたはずの心臓が、にわかにバクバクと激しく脈打つ。

しかし泉田は動揺する様子もなく、すぐに答えを返してきた。

「嫌いやないて言うたやろが」

「そうじゃなくて。友達として好きだったら、俺が合コンに参加しようが女の子とべたべたしようが関係ないだろ。でも泉田君はイライラしたりムカついたりしてる。それって友達に対する感情じゃないと思うんだ」

ゆっくり言い聞かせるように言うと、泉田は言葉につまった。暗くても、視線があちこちに飛ぶのがわかる。

「せやから、わからんて言うたやろ……」

搾《しぼ》り出された声はひどく弱々しかった。

ぎゅん、と胸が鳴る。頭の天から足指の先まで、一気に熱くなるのがわかった。

「泉田君」

湧《わ》き上《あ》がってきた愛《いと》しさに促《うなが》されて呼ぶ。同時に、泉田の肩に手をかける。

ビク、と大きく体を揺らした泉田にかまわず、うつむき加減の彼の顔をすくい上げるように唇を重ねた。触れただけで離すと、泉田の熱い吐息が唇をかすめる。ぞく、と背筋に甘い痺《しび》れが走った。

次の瞬間には、泉田を路地に引っ張り込んでいた。おい、という驚いた声を無視して、再び唇を合わせる。今度は触れるだけでは終わらない。薄く開かれた唇の隙間に舌を押し込む。

「ん……!」

泉田は小さく声をあげた。咄嗟に背《そむ》けようとした頬に手を添えて包み込む。そして更に深く口づける。

泉田の口腔《こうこう》の中は火傷《やけど》しそうなほど熱く、蕩《とろ》けるように甘かった。余すことなく味わいたくて舌を動かす。すぐに奥で縮《ちぢ》こまっている舌に行き当たった。何度も舐《な》めて誘うと、おずおずとではあるが応《こた》えてくる。

「んう、ん」

慣れていないからか、あるいは興奮しているせいか。泉田は喉《のど》の奥から声を漏《も》らした。

やばい。すげぇエロい。

息をつがせるために角度を変えると同時に、は、と泉田は息を吐く。その甘い吐息も自分のものにしたくて、再び噛《か》みつくように口づける。

「う、んっ……、んん」

いつのまにか、泉田の手は達弘の肩口をしっかりとつかんでいた。しかし引き離そうとはし

ない。自《みずか》らも舌を差し出し、ぎこちなく絡《から》めてくる。

ああ、もうだめだ。止められない。

さすがに息が続かなくなってきて、そっと唇を離す。

ちゅ、という湿《しめ》った音に、泉田がわずかに肩を揺らした。

互いに荒い息を吐きながら、少し顔を動かせばキスができる距離で見つめ合う。わずかに低い位置にある泉田の瞳は、戸惑いと、それを凌駕《りょうが》する熱情と欲望で潤《うる》んでいた。

ぞく、とまた背筋が甘く震える。

「俺んち、ここから近いんだ」

囁いた声は、情欲で掠《かす》れた。

泉田の声も聞きたかったけれど、彼はただ無言で頷いただけだった。


マンションまでは二人とも無言だった。ただ、達弘がおもむろに握《にぎ》った指先を、泉田が振り払うことはなかった。

つないだ指からは、泉田の迷いと情欲がはっきりと伝わってきた。欲情はしているものの、達弘が好きだという自覚はまだ曖昧《あいまい》なのかもしれない。わからんと頼りなげにつぶやいた声が耳に残っている。

けど、待ってあげられない。

絶対に叶わないと思っていた恋が、手の内に落ちてきたのだ。逃《のが》さないようにしっかり捕まえることこそすれ、待つ余裕などない。

ドアを閉めると同時に、つかんでいた泉田の手を引く。不意を打たれたのか、泉田の体は呆気なく腕の中に収まった。内に熱を秘めたひきしまった体の感触が、服越しでもはっきりと伝わってきて、我知らずため息が漏れる。

「すげぇ好き」

顔のすぐ側《そば》にある、形の良い耳に囁く。

泉田は答えない。わずかに身じろぎしただけだ。

「好きだ」

「……何回も言うな。知ってる」

「そっか。じゃあ泉田君は？　俺のこと好き？」

「……わからん」

「わかんないんだ？」

わからなくていい。今、逃げないでいてくれるのなら。

ずるい男でごめんな、泉田君。

心の内で謝ってから、泉田の耳を口に含む。いきなりの刺激に驚いたらしく、わ、と泉田は色気のない声をあげた。しかし縁《ふち》を甘く嚙んで舐めると、あ、と掠れた声をあげる。

——たまらない。

湧《わ》きあがってきた欲望に促され、達弘は泉田の唇を塞《ふさ》いだ。今度は最初から深く口づける。

「んん、ん」

泉田も自《みずか》ら舌を差し出してきた。先ほどの激しいキスで、どんな風に応えればいいか少しはわかったようだ。が、その動きはまだまだぎこちない。そのぎこちなさが、本当に泉田とキスをしているのだという実感を生み、達弘を煽《あお》った。

泉田を壁に押しつけて逃げ場を断《た》つ。その拍子に下半身が密着する。

あ、泉田君も勃《た》ってきてる。

見たい。触りたい。暴《あば》きたい。いかせたい。

達弘は泉田の舌に舌を絡めつつ明かりのスイッチを入れた。パチンという音は泉田にも聞こえたはずだが、キスに夢中になっているらしく、抗議の声はあがらない。

それをいいことに、泉田のジーンズに手をかける。緊張と興奮で震える指先を励《はげ》ましてボタンをはずし、間を置かずに下着の中へ手を忍び込ませようとしたところで、泉田は焦《あせ》ったように口づけを逃れた。

「……は、あ、ちょ、待っ」

「やだ」

「アホ、やめ……！」

制止を振り切って下着の中へ直接手を入れた達弘は、既に反応し始めているそれに触れた。たちまち、うあ、と泉田が掠れた声をあげる。そのまま手を動かすと、あ、あ、と更に小さく声が漏れた。

何だそのエロかわいい声。もっと聞きたい。

幸い、このマンションは壁が厚く、音が漏れにくい。達弘は手の内でどんどん高ぶっていく泉田を乱暴に愛撫《あいぶ》した。一度は達弘を引き離そうとした泉田の手は、今や達弘のジャケットを握りしめるだけになっている。

ああ、電気つけてよかった。

きつく目を閉じて快感に耐える表情がはっきりと見える。

「泉田君、かわいい……。それに、凄くエロい」

「アホか、そんなん、う、く」

達弘も女性との経験はあるが、男性と寝た経験はない。それでも体は自然に動いた。手で愛撫を続けながら膝《ひざ》を折る。

下着を押し上げている泉田の欲望が目の前に迫《せま》ったが、嫌悪《けんお》は全く感じなかった。それどころか、ひどい渇《かわ》きにも似た欲望が湧き上がってくる。

その欲望の命じるまま、達弘は泉田の下着を引き下ろした。布が擦《こす》れる感触も刺激になったのだろう、あぁ、と泉田は明らかな嬌声《きょうせい》をあげる。

露《あらわ》になった彼の劣情《れつじょう》は、既にかなり高ぶっていた。

「真木っ……！」

怒気《どき》とわずかの恐れを含んだ声だったが、不思議と誘われているように聞こえた。熟《う》れきった果実を思わせるそれを、躊躇《ためら》うことなく口に含む。

「やめっ！　あ、あ、いく……！」

達弘は歯をたてないように気を付けながら、泉田の劣情《れつじょう》を喉の奥まで飲み込んだ。顎《あご》を引いて味わうように舐めしゃぶると、泉田が高い声をあげる。

軽く髪を引っ張られた刹那《せつな》、勢いよく淫水《いんすい》が迸《ほとばし》った。

一瞬、口を離しそうになったところをどうにか堪える。そして何回かに分けて、放たれたものを飲み下す。

旨いとは思わなかったが、不味《まず》いとも思わなかった。ただ、泉田が欲望の果てに出したものを己の内に収めたのだと考えただけで、ひどく興奮する。

離してしまうのが惜《お》しくて泉田の劣情を舐めていると、喉に粘《ねば》つく感覚があって、軽く咳《せ》き込《こ》んでしまった。

「そんなん……、飲むからや……」

やはり怒ったような、しかし色を帯《お》びた声が聞こえてきて、顔を上げる。

見上げた先には、快楽に蕩《とろ》けた泉田の表情があった。整った面立《おもだ》ちに浮かぶそれは、官能的で色っぽい。

「いいじゃん、飲みたかったんだから」

「何で」

「泉田君のだから」

本当のことだったので真顔で答えると、泉田は言葉につまったようだった。壁に背中を預けて息を整えながら、ふいと視線をそらす。快感だけではなく、羞恥《しゅうち》のせいだろう、耳から首筋まで真っ赤だ。

「なあ、泉田君、もっと触らせて」

「……嫌や」

「嫌じゃないよね。こんなになってるもん」

一度達したにもかかわらず、ゆるゆると立ち上がっている泉田の性器に、軽く口づける。あ、と泉田は掠れた声をあげた。

「ここじゃ狭いから、ベッド行こ」

「おまえが、ここで始めたんやろ」

「だって我慢できなかったんだもん。今も、我慢できない」

立ち上がった達弘は、早く、と泉田の手を引いた。

すると泉田は腿《もも》まで落ちたジーンズをひっぱり上げつつ、おとなしくついてくる。部屋に入ったばかりのときに比べると、迷いは消えているようだ。直接触って愛撫したことで、少しは達弘の気持ちが浸透《しんとう》したのかもしれない。

もっともっと染み込めばいい。

ベッドの脇まで来ると、恥ずかしいのをごまかすためか、泉田はジーンズを蹴《け》るようにして脚から抜いた。達弘も手早く衣服を脱ぐ。腕時計もはずしつつ、ジャンパーを乱暴に脱ぎ捨てた泉田に、そこまでな、と声をかけた。泉田は怪訝《けげん》そうにこちらを見遣《みや》る。

「そこまでって」

「後は俺が脱がしたいから」

「おまえ……、アホちゃうか」

「アホじゃないもん。脱がしたい。だめ?」

首を傾《かし》げた達弘に、泉田はムッとした顔をする。

「おまえ、そうやって首傾げんのやめぇ」

「何で?」

「……何かムカつく」

「え、何それ。ひどい」

拗《す》ねたような物言いから、泉田が本当に嫌悪しているわけではないとわかったので、にやつきながら言う。

ああ、かわいいな。凄くかわいい。

「にやにやすんな」

「ごめん」

謝りながらも下着一枚になった達弘は、泉田をベッドに座らせた。明かりはつけたが、暖房は入れていない。が、興奮しているせいか、寒さは感じなかった。そのままのしかかり、早速シャツのボタンをはずし始める。

露になっていくツンと尖《とが》った胸の突起《とっき》も、うっすらと割れた腹も、寒さに震えてはいなかった。それどころか、滑《なめ》らかな肌は上気している。

泉田君も興奮してるんだ。

「俺の体なんか、稽古場《けいこば》で何回も見てるやろ。何でそんな見るねん」

照れ隠しなのだろう、泉田のぶっきらぼうな問いかけに、達弘は首を横に振った。

「まわしをつけた格好は、相撲のユニフォームだろ。皆が見てるし、見ていいものだ。でも今は、俺しか見てないし、俺のだし」

「はあ？　誰がおまえのやねん」

「俺のだもん」

宣言して、愛らしい乳首を口に含む。

「ちょ、待て、ん」

味わうように舌で転がすと、泉田は胸をあえがせた。全く感じていないわけではないらしい反応に気をよくして、もう片方の乳首を指先で弄《いじ》る。

「やめ、気色、わるっ……」

「ほんとに？　気持ち悪い？　こんななってんのに」

きつく吸い上げながら性器に触れる。もともと緩《ゆる》く反応していたそれは、しとどに濡れていた。握り込んで扱《しご》くと、卑猥《ひわい》な水音がする。

「は、あぁ……」

「気持ちいいよね？」

「アホ、そこで、しゃべんな……」

ん、と素直に頷いて乳首から唇を離す。かわりにきれいに筋肉がついた胸や腹に唇を這わせ、肌の感触を確かめるように舌で愛撫する。

泉田君の全部に触りたい。全部舐めたい。

それで全部、俺のだって宣言したい。

「ね、跡つけていい？」

「ん、あとって」

「こうやって、するとね」

ひきしまった腹の中心、臍《へそ》の少し下あたりをきつく吸うと、あ、と泉田は掠れた声をあげた。

その声が、先ほどからずっと存在を主張している下半身を直撃する。

「……ほら、跡がつくんだ」

「アホ、まわし、したら、見えるやろ」

「じゃあ見えないとこならいい？」

「あかん、や、あっ」

泉田の言葉を無視して、臍の周りに何度も音をたてて吸いつく。その度に、ひきしまった腹がビクビクと震えた。連動するように、腹の下でそそり立ったものも揺れる。

凄い。触ったら触っただけ敏感《びんかん》になっていく。

先端から欲の証《あかし》が滴《したた》り落ちる様を見て、達弘は思わず舌なめずりをした。先ほど口の中で脈打ち、弾《はじ》けたそれの感触を思い出して、たまらなく興奮する。

再び口に含もうと顔を寄せると、ガシ、と頭をつかまれた。

「アホ……、何回すんねん……」

「何回って、泉田君ができるんだったら何回でもしたいけど」

「おまえ、ほんまにアホやな……」

は、は、と荒い息を吐きながら毒づいた泉田は、情欲が滲《にじ》んだ瞳でこちらをにらんだ。

「おまえも、いっぱいいっぱいやろが」

下着を押し上げているものに視線を向けられ、反射的に腰を引く。

「や、俺はいいよ」

「ええこと、あるか。俺がしたる」

おもむろに体を起こした泉田に肩をつかまれた。かと思うとベッドに押しつけられる。のしかかられる形になって、達弘は息を飲んだ。見下ろしてくる泉田は真剣な顔をしている。

かっこいい……。

ぼうっと見惚れている間に、泉田は達弘の下着を引き下ろした。うあ、と思わず声をあげると、泉田が少し笑う。

「自分ばっかり、ええようにできると思うなよ」

羞恥よりも対抗心が勝《まさ》っているらしく、泉田は迷うことなく達弘の性器を口に含んだ。指を添え、唇で擦るようにして愛撫し始める。

達弘は半《なか》ば茫然として、己の劣情を熱心に舐める泉田を眺めた。

うわ、信じらんねぇ。泉田君が俺の咥《くわ》えてる……。

舐めたり吸われたりする感触は、痺《しび》れるような快感を生み出す。時折軽く歯が当たるのもいい。しかも形の良い唇に勃起《ぼっき》したものが出入りする様はたとえようがないほど卑猥で、視覚的にも煽られる。

そして何よりも、泉田が己のものを愛撫しているという事実が達弘を高ぶらせた。

「は、あ、すげ、気持ちいいよ……」

愛しさで胸がいっぱいになり、泉田の短い髪を撫でる。汗で湿った真っ黒い髪は、想像していたよりも柔らかい。

感触を味わうように何度も撫でると、じろりと上目遣いでにらまれた。口淫《こういん》の苦しさと情欲で潤んだ瞳から放たれる視線は扇情的《せんじょうてき》だ。

またしてもぽうっと見惚れていると、泉田は一層《いっそう》激しく舌を動かした。

「あ、そんなにしちゃ、だめだって……、いく、出ちゃうから……！」

きつく吸いつかれて、我慢していたものが一気に弾けた。その勢いに驚いたのか、泉田の口から劣情がはずれる。

「う、は……、はぁ、あ」

色めいた声を漏らしたのは泉田だ。

劣情から迸ったものが彼の頬から顎を濡らすのを、達弘は食い入るように見つめた。ただでさえ熱くなっていた体が、沸騰《ふっとう》したかのように一気に火照《ほて》る。

気が付いたときには、泉田を再びベッドに押し倒していた。飛びかかるようにして組み敷き、腹につきそうなほど高ぶった泉田の劣情を激しく扱く。

「あぁ……！」

既に限界だったのだろう、泉田はすぐに達した。放たれたものが滑らかな肌に飛び散る。その感触にも感じてしまったらしく、あ、あ、と小さく嬌声を漏らして悶《もだ》える。

二度目の射精の緊張から解き放たれた体が脱力するのを待って、達弘はスラリと伸びた長い脚を立たせた。そのまま大きく割り広げると、柔らかい体は達弘の思い通りに開く。

他の場所に比べて薄い色の内腿や、濃い頭髪とは反対に淡い叢《くさむら》、二つの膨《ふく》らみ、そしてきゅっとひきしまった小さな尻の谷間にある窄《すぼ》まりまでもが無防備にさらされ、ごく、と無意識のうちに喉が鳴った。

泉田君に入れたい。

奥深くまで入れて揺さぶって、中を思う存分味わいたい。

「痛くしないから、力抜いててね」

「なにが……」

まだ快感の余韻《よいん》から抜けきれていないらしい泉田がぼんやりと尋ねてくるのに、うん、と意味のない相づちを打つ。

以前調べた通り、達弘は泉田が放ったもので濡れた指を、大きく開かれた両脚の奥へと忍ばせた。目当ての場所に触れると、びくん、と泉田の体が跳ねる。

「ちょ、どこ触って……」

「大丈夫、気持ちよくしたげるから」

「そういう問題と、あっ」

ちゃう、と言いかけた声は掠れた悲鳴に変わった。達弘が指先を押し入れたせいだ。ぎゅ、とそこが侵入を拒《こば》むように硬くなる。

「や、アホ、抜け……！」

「力抜けば大丈夫だから。ね、力抜いて」

「嫌や、無理、何で、こんな」

抵抗したくても、二度の快感——恐らく初めて他人に与えられた快感だろう——をたっぷりと味わった体は言うことをきかないらしい。逃れようとして腰を捩《よじ》ったせいで、逆に達弘の指を引き込んでしまう。

「う、あっ、抜けって……！」

「泉田君」

宥《なだ》めるように呼んだ達弘は、空《あ》いた方の手で萎《な》えてしまっていたものを優しく擦った。

泉田はきつく眉を寄せ、こちらを見下ろして首を横に振る。

「あっ、は、あかんて……、さわ……、触んなっ……」

「大丈夫だよ。気持ちいいだろ？」

「そんな、嫌や……、そんな、とこ、何で」

性器を弄る達弘の手をつかまえようと、泉田が手を伸ばす。しかし指先は震えており、力が入っていない。達弘の手の甲を軽くひっかいただけで終わってしまう。

「真木、やめ、あ、んん」

やめてくれ、という泉田の言葉を敢えて無視して、達弘は愛撫を続けた。

ごめん、泉田君。もう止められない。

既に二度達して過敏《かびん》になっている泉田の性器は、緩い愛撫でも瞬《またた》く間に反応する。つられるように、達弘の指を飲み込んだ場所がうねった。

すげぇきつい。それに熱い。

ここに俺のを入れたい。

思うだけで息が上がる。先ほど解放したはずの熱が、再び腰に溜まってくる。

情欲のままに中に入れた指を抜き差しすると、泉田は苦しげな声を漏らした。劣情への愛撫は続けているが、それでは補いきれない苦痛に苛《さいな》まれているようだ。

「く、うぅ、は……、はぁ」

早く気持ちいいとこを探してあげないと。

焦りもあって指を折り曲げて内壁を強く押すと、あ！　と高い悲鳴をあげて泉田がのけ反《ぞ》った。達弘の手の中にあった性器も、あからさまに反応する。

見つけた。

続けて同じ場所を押すと、泉田は激しく頭を振る。

「あっ、はぁ、何で、そこ、嫌や」

「大丈夫、力抜いて。そしたら、もっと気持ちよくなるから」

「も、苦し……、気持ちよう、ならんで、ええから、やめ……！」

「そんなこと言わないで」

情欲に掠れる声で懇願《こんがん》して、達弘は泉田の感じる場所を指先で愛撫した。あぁ、と泉田がまた高い嬌声をあげる。

「好きだよ、泉田君。大好き」

囁きながら、二本目の指を押し入れる。

すると泉田は大きく背中を反《そ》らした。開かれた足の踵《かかと》がシーツを蹴る。

「あ、あぁ、い、あう……！」

泉田が連続して嬌声をあげ始めるのと、内壁が激しく収縮《しゅうしゅく》し始めるのは同時だった。もはや拒絶の言葉は聞こえない。体からは余計な強張《こわば》りがとれ、達弘が与える快感のまま淫《みだ》らに乱れる。

奔放《ほんぽう》に暴れる脚を押さえるために愛撫をやめたにもかかわらず、泉田の劣情は高ぶり、雫《しずく》をこぼしていた。涙で潤んだ視線は茫洋《ぼうよう》と宙をさまよっている。ひっきりなしに色めいた声を漏らす唇の隙間からピンク色の舌がちらちらと覗く様は、たまらなく淫靡《いんび》だ。

——入れたい。入れたい！

にわかに膨れ上がってきた欲望を抑えつけたのは、まだ潤《うるお》いが足りない気がしたからだ。

一気に指を抜くと、泉田は掠れた嬌声をあげる。達弘は間を置かず、泉田の腹に散っていた彼の欲望の残滓《ざんし》を指ですくった。そして今度は三本まとめて泉田の中へ押し入れる。

「あぁ……！」

どこか甘えるような響きをもった嬌声にスイッチを入れられて、達弘は夢中で指を動かした。先ほどまで愛撫していた感じる場所を、集中的に責める。

ぐちゅぐちゅと卑猥《ひわい》な水音がして、泉田は首を横に振った。

「あ、はぁ、あかん、いく……！」

「ん。ちょっと待って」

「いや、いく、いきたい」

「もうちょっと、我慢して」

言いながら、三本の指を思う様動かす。

最初の強張りが嘘のように、そこは柔らかく蕩けていた。達弘の決して細いとは言えない指三本を根本まで飲み込んでも、まだ余裕がある。

「あぁ、もう、も……」

泉田の手が自らの劣情に伸びる。そして達弘の目の前で、既に腹につくほど反り返ったそれを扱き始めた。

「ん、んあ、あ」

泉田は感じたままの甘い声を漏らしつつ自慰《じい》をする。その手の動きに合わせて、内壁も激しく蠢《うごめ》く。泉田の手からも達弘の指からも、淫猥な水音があふれた。

――限界だ。

再び一気に指を引き抜くと、あぁ、と泉田が嬌声をあげた。まだ達することができていない彼には、それも刺激になったらしい。一瞬の後で極まる。

「は、あぁ……」

泉田は今日三度目の淫水を放った後、ぐったりと四肢《しし》を投げ出した。

きつく目を閉じて荒い息を吐いている泉田の膝の裏を、強引に持ち上げる。胸につくぐらいにまで折り曲げると、泉田はうっすらと瞼《まぶた》を開けた。

快楽に潤《うる》んだ漆黒《しっこく》の瞳が、かろうじて達弘を捕らえる。

「入れるね」

今すぐにでも突き入れたい衝動を抑えて言うと、泉田は小さく頷いた。意味がわかっているのか怪しかったが、もう止められない。

達弘はすっかり立ち上がった己《おのれ》を、つい今し方まで愛撫していた場所へあてがった。できる限りゆっくり、中へ押し入れる。

「いたっ……、痛い、痛い!」

泉田の顎があがり、喉仏《のどぼとけ》を備《そな》えた喉が露になった。脚をばたつかせ、圧迫《あっぱく》から逃れようと両の腕を使ってずり上がる。ひどく苦しそうだ。

丹念に解《ほぐ》したはずの場所がきつくしめつけてきて、達弘も痛かった。泉田とつながれた嬉しさを感じる余裕もない。

「力入れちゃ、だめだよ。力、抜いて」

「無理、無理や、抜け、抜いて」

ぽろぽろと涙をこぼしながら、泉田が訴《うった》えてくる。

「俺とこうするの、嫌?」

「や、やない、けど……、痛いっ、痛いから……!」

嫌じゃないんだ。

都合の良い部分だけを拾った途端に、既に蜘蛛《くも》の糸の如《ごと》く儚《はかな》くなっていた理性の糸が、ぷつ、と音をたてて切れた気がした。次の瞬間、半ばほどまで入れていたものを、一気に奥深くまで押し込む。

「あぁっ……!」

泉田の口から掠れた悲鳴があがった。あまりの衝撃に、息をするだけで精一杯のようだ。はあはぁと胸を激しく喘《あえ》がせる。

食いちぎりそうな勢いでしめつけられ、達弘も低くうめいた。

痛い。苦しい。

でもきっと、泉田君の方がずっときつい。

「泉田君、力抜いて」

「抜け、早《は》よ、抜けって……！」

すすり泣いて懇願する泉田の耳に、達弘の言葉は届いていないようだ。

どうにかして気持ちよくなってほしくて、達弘はすっかり萎えてしまった泉田の劣情を摩《こす》った。

「あっ、あ、ん、や」

入れてからは苦痛しか感じられなかった声に、次第に甘さが滲んでくる。同時に、少しずつ中も緩んできた。

とはいえ自由に動けるほどではない。きついしまりのまま、火傷しそうなほど熱い内壁がうねり、達弘にからみついてくる。

やべ、何だこれ。すげぇ気持ちいい。

じっとしているのが辛い。思う様動いて泉田の中を味わい尽くしたい。

「な、動いていい？」

「や、あかん、動くな」

「動いたら、もっと、気持ちよくなるから」

宥めるように泉田の張りつめた腿を撫でる。

しかし苦痛を和《やわ》らげるどころか、ひどく感じさせてしまったらしい。んん、と泉田はむずかるような声をあげた。涙で濡れた瞳が、こちらをにらみつけてくる。

「嘘つけ……。触んな、言うたのに、めちめちゃ弄るし……、抜けて、言うたのに、全部、入れるし……。アホ、ボケ、カス……、ストーカー、ヘンタイ……」

泉田はぐずぐずと泣きながらも、怒った口調で悪態《あくたい》をつく。しかし不思議と甘えるような響きがそこにあって、達弘は熱い息を吐いた。

「嘘じゃないよ……。ほんとに、気持ちよくなるから」

一度は止めていた愛撫の手を再開する。

「あ、やめ、触んな、て」

「凄い。また濡れてきた」

「おまえが、触るから、あっ、ん」

泉田が甘い声をあげると同時に、達弘を飲み込んだそこが艶《なま》めかしく収縮する。

達弘はその収縮に合わせて、ゆっくりと動き出した。

「い、やぁ！　やめ、動くな……！」

「ごめん、好きだから、ごめんな」

いくら本心とはいえ、こんなときに好きだと言うなんて自分でも卑怯《ひきょう》だと思う。それでも泉田君への気持ちは紛《まぎ》れもない本物だからと言い訳をして、好き、好きだよ、とくり返しつつ腰を動かす。

「う、ん、は、はあ、や、あぁ」

苦しげだった声が、少しずつ艶《つや》を帯《お》びてきた。劣情への愛撫をやめても、その声がやむことはない。辛そうにしかめられていた顔も、次第に恍惚《こうこつ》と蕩けてくる。

それをいいことに、達弘は泉田の張りつめた腿を押さえ、中をかき乱す動きに専念した。達弘を受け入れてうねり、収縮する内部は、信じられないほどの快感を与えてくれる。

「あ、は、泉田君、すげぇ、いい、よ」

「あっ、あぁ、真木、まきぃ」

泉田も苦しいだけではなくなってきたらしい。呼ぶ声は色めいて甘えるようだ。腰も揺れてきている。汗に濡れて上気した体が悶《もだ》える様は、たまらなく淫らで色っぽい。

達弘は欲に任せて激しく律動しそうになるのを堪え、できる限り泉田の反応を見ながら動いた。泉田の嬌声と、つながった場所からあふれる淫靡な水音がひとつになって聴覚を侵《おか》し、余計にそそられる。

ああ、気持ちよすぎておかしくなる。

「泉田く……、泉田君、好き、だよ、好き」

愛《いと》しさと快感と情欲がない交ぜになり、達弘は一際《ひときわ》深く泉田を穿《うが》った。

その拍子に泉田の劣情が、泉田自身のひきしまった腹に擦られて弾ける。

「あっ、あー！」

中が今までになくきつくしまって、達弘も我慢できずに達してしまった。

ただでさえ絶頂の只中にあった体に、達弘が放ったものを受け止める感覚が耐え切れなかったらしく、泉田はビクビクと全身を震わせる。

「あ、あ、中、出てるっ……」

「ん、ごめ……、我慢、できなくて……」

「あつ、熱いっ……、いやや、嫌」

「そんなこと、言わないで」

身を乗り出し、緩く首を横に振る泉田の唇を塞ぐ。つながったままの場所が、ぐちゅ、と音をたてたが、泉田が抗議の声をあげることはなかった。それどころか、達弘が差し入れた舌に吸いついてくる。

「ん、泉田く……」

「真木、ま、ん、うん」

首筋に泉田の両の腕がまわり、口づけは更に続いた。くちゅくちゅと互いの唾液《だえき》が交じり合う音がする。上も下も、恐らく誰も触れたことがない泉田の敏感な部分に包まれている興奮に、再び腰に熱が溜まってきた。

もっともっと、泉田君を感じたい。

泉田君にも俺を感じてもらいたい。

泉田は体内に陣取《じんど》ったままの達弘の変化に気付いたようだ。首を振ってキスから逃れる。

「んうっ、はぁ、アホ、何で、また」

「うん、ごめん……、また、したくなっちゃった……、もう一回、していい？」

「ええわけ、ないやろ……、も、抜け、あっ、動くな……！」

「好きだよ、泉田君」

情欲に掠れた声で囁きながら、再び腰を突き入れる。

「ぁあ、あ、あ」

一度目の交わりのときより色を増した声が、泉田の唇から漏れた。達弘が放ったものでたっぷりと潤された場所からも、先ほどよりあからさまな水音があふれる。

「真木、まきっ……」

泉田が熱にうかされたように、幾度も達弘の名前を呼ぶ。

夢中で揺さぶった末に待っていた快感は、今まで経験したことのない至上《しじょう》の甘さだった。

緑の孤島《ことう》へ向かうバスの中に、乗客の姿はほとんどなかった。達弘《たつひろ》の他には、講師らしき中年の男が一人と、途中で乗車してきた老女が一人、座っているだけだ。

窓の外に冬枯《ふゆが》れの緑が増えてくるにつれ、達弘は頰が緩《ゆる》む、もとい顔がだらしなくにやけるのを感じた。

もうすぐ泉田《いずみだ》君に会える。

初めてセックスをしてから一週間が経《た》った。セックスの翌日、動けなくなってしまった泉田が休んでいったので、会うのは六日ぶりだ。

最悪や、最低や。

二度の交わりで力が抜けきった泉田の体を清めたのは達弘である。羞恥《しゅうち》よりも疲れが勝《まさ》ったらしく、達弘にぐったり身を任せながらも、泉田は何度もそうくり返した。

まだほとんど自覚なかったのに、いきなりめちゃめちゃ濃いセックスしやがって。

快感の余韻《よいん》が残る掠《かす》れた声で毒づかれても少しも怖くなかったけれど、達弘は謝った。

ごめん。でも両想いだってわかって我慢できなくて。

せやから、まだちゃんと自覚なかった言うてるやろ。だいたい俺は、大学におる間は恋愛とかは置いといて、勉強と部活に専念しようて決めとったんや。それやのに何勝手に両想いやて決めつけてんねん。

え、両想いじゃないの？

取り替えたばかりのシーツの上に横たわった泉田を首を傾げて覗き込むと、彼は言葉につまった。かと思うと思い切り顔をしかめ、ガシ、と達弘の顎《あご》をつかんで強引に顔をまっすぐにさせた。

おまえのそれ、やっぱりムカつくわ。

それって？

激しいセックスの仕返しだとでもいうように、両の頬をぎゅうっと力をこめて挟まれたせいで、しょれって？　という発音になってしまったのはご愛嬌《あいきょう》だ。

小首傾《かし》げて上目遣いするやつ。ムチャぶりされてんのはこっちやのに、悪いことしてるみたいな気ぃしてくるやろ。

え、そうなの？　ごめん。

せやから首を傾げるなっちゅうの。言うとくけど、そんなんしても全然カワイイないからな。

うん、カワイイなんて思ってくれなくていいよ。前に言ったじゃん、適度に悪い男だって思ってもらいたいって。

頬を挟まれたままもぐもぐと言うと、泉田は直線的な眉を八の字に寄せた。次の瞬間には思い切り怖い顔になり、しかし堪《こら》え切《き》れなかったように、ぶは、と噴き出した。そしてシーツに顔を埋《うず》め、く、く、と笑いを殺した。いつかと同じように、「悪い男」がツボにはまったらしい。

何で笑うんだよ。俺、ほんとに悪い男だから。泉田君が戸惑ってんのわかってて抱いたし、二回もしちゃったし。

そらまあ、確かに、そうやけど……。

一度は笑いを止めた泉田だったが、また我慢できなくなったように笑い出した。一目惚れした端整な顔がなんとも満足そうだったので、最後には達弘も笑ってしまった。

あの後、床で寝ようとしたら一緒に寝てもええぞって言ってくれたんだよな。

着実に緑の孤島へ近付いていくバスの中で、達弘はまだ新しい記憶をうっとり味わった。

男二人で寝るにはシングルのベッドは狭い。泉田を抱き寄せると、彼はおとなしく背中に腕をまわしてきた。しかも、ぼふ、と達弘の胸に顔を埋めた。性懲《しょうこ》りもなく欲情しそうになる自分を懸命に抑《おさ》えていると、泉田が小さくつぶやいた。

この隠れ体育会系が。

かくれって?

服着とったらひょろっとして見えるのに、脱いだらけっこう凄《すご》いて腹立つ。足もめっちゃ速いし。

ああ、記録残せるほど速いわけじゃなかったけど、一応中学高校と真面目に部活してたから、その名残《なご》りかな。

……ムカつく。

え、またムカつくの？

ムカつく！

ええー、と我知らず情けない声をあげると、ふいに泉田が強くしがみついてきた。そしてそのまま何も言わず、すうっと眠ってしまった。

もしかして、これが世間で言うツンデレってやつ？

かーわーいーいー！　と叫びたいのを我慢するのに苦労したのを思い出してにやけているうちに、バスが大学の構内に入った。停留所が見えてくる。

今日、バスに乗る前に、岸谷《きしたに》と坂口《さかぐち》と一緒に講義を受けた。派手な言い合いをした挙句《あげく》に飛び出していった泉田と達弘に、唖然《あぜん》とするメンバーのフォローをしてくれたのは、もちろん岸谷だ。達弘と泉田が恋愛関係にあることがばれないように、うまく言いつくろってくれたらしい。人前で痴話《ちわ》ゲンカするアホなんか知らん、などとかなり厭味《いやみ》を言われたけれど、よかったな、と肩を叩いてくれた。ちなみに坂口は、でれでれのめろめろになっている達弘が片想いの彼女とうまくいったと思ったようだ。こちらにも、抜け駆けだなんだと散々《さんざん》文句を言われた。

まあ、今の俺は何言われても全然平気だけどな！

なにしろ泉田に会えない日でも、メールや電話で連絡をとれるのだ。しかも無視されたりしない。ぶっきらぼうな内容ながらも、きちんと応《こた》えてくれる。それだけで嬉しくてたまらない。

バスがゆっくりと停車した。勢いよく立ち上がった達弘は運転手にありがとうと礼を言い、軽やかな足取りでバスを降りる。目指すのはもちろん相撲部《すもうぶ》の稽古場《けいこば》だ。

千々岩《ちぢいわ》は看護師の女性と連絡先を交換したらしく、テンションの高い礼のメールがきた。安《や》井《い》と小出《こいで》は誰とも連絡先を交換できなかったものの、小出は随分と前向きになれたようだ。話できただけでも楽しかった、ありがとう、とメールが届いた。

「あ、真木《まき》」

ふいに耳に飛び込んできたのは、泉田の声だ。

我知らず全開の笑顔になりつつ振り返った達弘は、大きく目を見開いた。

何人かの学生に混じって校舎の入り口に立っていたのは、やはり泉田だった。なぜか白衣を着ている。

おお、カッコイイ！

ていうか、何かエロい。

白衣を脱がせてアレコレ、もしくは白衣を着せたままアレコレ、を想像して、カッと頭の芯《しん》が熱くなった。かと思うと鼻の奥がじわりと痺《しび》れる。

あ、鼻血。

「うわっ、どうしてん」

泉田が慌てて駆け寄ってくる。

「いや、ちょっと泉田君の白衣姿見て、いろいろ想像しちゃって……、あ、ありがと」

差し出されたポケットティッシュで鼻を押さえつつ言うと、はあ？　と泉田はあきれたような声をあげた。

「裸見ても鼻血出さんかった奴が、何で白衣で鼻血出すねん」

「何でって言われても……」

「あ、そういやおまえ、初めて俺がまわしつけてるとこ見たときも鼻血出しとったな。ひょっとしてコスプレ好きなんか？」

おもしろがるような、からかうような、それでいて胡散《うさん》くさがるような、なんともいえない生ぬるい笑みを向けられ、達弘は慌てた。

「ちょ、違うよ！　あのときは泉田君が相撲やってるって想像もしてなかったから、びっくりしただけでっ。今も、まさかそんな格好《かっこう》するって思ってなかったから！」

「そんなカッコて……」

今度は完全にあきれた物言いをした泉田は、ため息を落とす。

「別に普通やろ。俺だけと違《ちご》て皆着てるし」

「他の人は関係ないの。泉田君が着てるのがやばいの」

本当のことを言っただけだったが、またため息をつかれてしまった。

「やっぱりコスプレ好きなんやな」

「だから違うって」

「俺、高校んとき学生服やっててん」

ふいに投下《とうか》された情報に、え、と達弘は思わず声をあげた。

泉田君が学生服……。

鋭《するど》く整った面立《おもだ》ちに、黒の学生服はさぞかし似合うだろう。首元まできっちりとめられたボタンをひとつひとつはずしていくと、ストイックな雰囲気が一気に崩《くず》れ、胸元から色気があふれ出す。

——いい。物凄くいい。

唐突に、ぎゅむ、と頬をつままれ、達弘は我に返った。

泉田がこちらをにらみつけてくる。

「本人前にして妄想すんなボケ」

「ご、ごめん……。でも、ほんとにコスプレ好きとかじゃないから。好きなのは泉田君だから」

「やかましわ」

もう片方の頬もつままれた。

痛い。けれど幸せなので痛いのも嬉しい。

自然と笑ってしまっていたらしい。泉田は思い切り顔をしかめ、両手を頬から弾《はじ》くように離した。かと思うと、ぷいと顔を背《そむ》けて先に歩き出してしまう。

「あ、泉田君、待って」

慌てて追いかけた達弘は、泉田の形の良い耳が赤く染まっていることに気付いた。ぎゅん、と胸が鳴る。

「泉田君、好き！」

「やかましい！」

恋の上手投げ

二月に入ったばかりの稽古場《けいこば》は寒い。

山々に囲まれた『緑の孤島《ことう》』は、街中よりもかなり気温が低い。一応緩《ゆる》く暖房が入っているものの、息が白く見える。

とはいえ稽古を始めれば、寒さなどあっという間に吹き飛ぶ。特にぶつかり稽古をすると、汗が湯気《ゆげ》となって立ち上るほど全身が熱くなる。

今日、ようやく後期試験が終わった。稽古をするのは久々だ。

泉田悟史《いずみださとし》は全力で千々岩《ちぢいわ》にぶつかっていった。

しかし体重別の大会で、100キロ未満級の全国三位になったことがあるがっちりとした体はびくともしない。去年の十一月に行われた学生相撲《ずもう》大会の個人戦でも、準決勝まで勝ち残った実力は本物だ。逆に押し返され、みるみるうちに土俵際《どひょうぎわ》まで追い込まれてしまう。

体重が軽い泉田は、階級でいえば65キロ未満級である。十一月の個人戦では、ベスト8にあと一歩のところで及ばなかった。

重さでも力でも技でも、千々岩に敵《かな》わないのはわかっている。

それでも、小さな力士が大きな力士のわずかな隙をつき、勝つことが不可能ではないのが相撲だ。なんとかいなそうとするが、そのまま土俵の外に出されてしまった。

「次！」

土俵に向き直った千々岩の言葉に、お願いします！　と応じたのは小出《こいで》だ。彼も全力で千々岩にぶつかっていく。

弱小とはいえ――否《いな》、千々岩がいるので「弱」は当てはまらないが、部員四人だから「小」には違いない――創部十年の相撲部には、一応監督とコーチがいる。ただ、二人とも大の相撲好きではあるものの、相撲部のOBではない。自分では相撲をとったことがない名ばかり指導者だから、実質的な指導は千々岩がしてくれているのだ。

額《ひたい》の汗を拭《ぬぐ》い、荒い息を吐きながら組み合う二人の様子を見ていると、ふいに視線を感じた。

この視線はあいつやな……。

ちらと出入口を見遣《みや》る。

そこにはいつの間に入ってきたのか、スラリとした体型をセンスの良いファッションで包んだ男――真木達弘《まきたつひろ》の姿があった。

目が合うと、照れたように、それでいてさも嬉しそうに笑う。

泉田はといえば、軽く頷いただけで視線をそらした。稽古中ということもあるが、泉田は基本的に真木にあまり愛想《あいそ》良くできないのだ。

真木みたいに全開で笑《わろ》たら、真木に会えてめっちゃ嬉しいみたいやないか。

や、まあ、嬉しいないことはないいんやけど。

なにしろ真木は、体の関係もある恋人なのだ。

――恋人て！

安井《やすい》の後ろに並んで順番を待ちながら、泉田はただでさえ熱くなっていた顔が、ますます温度を上げるのを感じた。

真木と恋人になって約三ヵ月。ストレートに想いをぶつけてくる彼との付き合いには、いまだに猛烈な恥ずかしさを覚える。

泉田は女性と付き合ったことがない。小学生の頃に隣の席の女の子が気になった程度の淡い初恋はあるものの、男女問わず誰かを好きになった経験すらないのだ。好きという言葉を口にするだけでも、とんでもなくハードルが高い。

しかも俺ら男同士やし。しかも真木よりがっちりしてる俺が抱かれる方やし。

男である自分が真木に抱かれていることに加え、その行為が嫌ではない自分も恥ずかしくてたまらない。

そんな風に、あれやこれやの意地や混乱や羞恥《しゅうち》が心の内に渦巻《うずま》いているせいで、素《そ》っ気《け》ない態度をとってしまう。去年の学生相撲の大会に応援に来てくれたときなど、わざわざ来《こ》んでもよかったのに、と心にもないことを言ってしまった。昨夜《ゆうべ》も、明日テスト終わったら見学に行くね、という真木からのメールに、わかった、とだけしか返信できなかった。送信ボタンを押してから、もうちょっとなんか書いたらよかったと後悔したけれど、あとの祭りだ。

しかし真木は、どんなに無愛想な内容のメールでも文句を言わない。それどころか、いつもちゃんと返してくれるから嬉しいと言われた。

相変わらず強引なんか、そうやないんか、ようわからんやっちゃ。

横目で真木を見ていた泉田だったが、小出の次に千々岩にぶつかっていった安井が呆気《あっけ》なく土俵に転がるのを見て、視線をそらした。真木の存在を意識の外へ追い出す。

相撲に防具はない。余計なことを考えていると怪我をする。

「次、こい！」

胸を開いてみせた千々岩に、はい！　と泉田は返事をした。

腰を落として両手を軽く握り、土俵に小指をつける。そして勢いよく立ち上がる。

バシ、と肌と肌がぶつかる音が辺りに響いた。

前まわしをとる。ひきつける。寄る。が、巧《たく》みに巻き返されて腕をすくわれる。

あ、と思ったときにはもう土俵に転がされていた。手本のような完璧なすくい投げだ。

「脇《わき》が甘いぞ、泉田！」

どうにか起き上がりながら、はい！　と返事をする。

脇だけやのうて、いろいろ甘《あま》なってるかも……。

もともと女の子は嫌いではないが、苦手だった。特に女を前面に出して媚《こ》びたり甘えたり泣いたりされると、困惑してしまう。唯一、年の近い身近な女性といえる妹が竹を割ったような性格なので、対処の仕方を学ぶこともできなかった。

そういった事情を除いても、恋愛そのものに興味が持てなかったのは事実だ。性欲がそれほど強くなかったことも影響しているかもしれない。

大学に合格したときも、第一志望校に進めた喜びと、ずっとやりたかった相撲ができる喜びが大きく、女の子と楽しくすごそうという考えは欠片《かけら》も湧《わ》いてこなかった。ごく自然に、大学生になったら勉強と相撲に専念しようと決めていた。

それなのに、気が付けば稽古場の片隅でじっとこちらを見つめる男を意識してしまっている。

自分が相撲以外の何かに気をとられる日がくるなんて、真木と出会うまでは想像したこともなかった。


「泉田君、今日も凄《すご》くかっこよかった！」

両の目をキラキラと輝かせながら言われて、泉田は怯《ひる》んだ。

「……そらどうも」

「お世辞じゃないよ、ほんとだよー。あの大きい千々岩先輩に向かって行くって凄い！　カッコイイ！」

褒《ほ》められて悪い気はしなくて、けれど照れくさくて、まあな、などと曖昧《あいまい》な返事をする。

稽古を終えた後、駅の近くにある定食屋で相撲部員プラス真木の五人で夕食をとった。そして真木に誘われるまま、彼のマンションへ足を向けた。

真木のマンションを訪《たず》ねるのは十日ぶりだ。後期試験が始まる前に寄った。そのときも稽古の帰りだった。

そんでセックスした……。

しばらく会えないからと、真木に迫《せま》られたのだ。もっとも、迫られるまでもなく、彼のマンションに寄った時点で泉田もその気だったのだが。

テストが終わるまで稽古はないと言うと、体中にキスをされた。ここぞとばかりにたくさんのキスマークをつけられて、息も絶え絶えになった後、うつ伏せの体勢で後ろから入れられた。奥深くまで真木のものを含まされ、かき乱されて、二度も達してしまった。真木には口が裂けても言わないが、正直、物凄くよかった。

俺は、ちゅうか俺の体はどうなってしもたんや。

性欲が強くないというのは思い込みだったのか。

それとも真木がテクニシャンなんか。

どちらにしても、真木に抱かれたことがきっかけでセックスの良さに目覚めてしまったのは確かだ。今日もなんのかんのと言いつつやるのだろうと期待してしまっている。

テストの間、メールは送ってくるものの、本当に姿を見せなかった真木に、こういうけじめができるとこは嫌いやないと思う一方で、そんな長いこと何もせんでおまえは平気なんか、と携帯電話相手にツッこんだ。

くそう、こんなん俺が淫乱みたいやないか……。

炬燵《こたつ》の向かい側にいる真木をじろりとにらむと、何？　と問うように彼はこてんと首を傾《かし》げた。

テクニシャンという言葉が全く似合わない可愛らしい仕種《しぐさ》に、はー、とため息が漏《も》れる。泉田は真木のこの小首を傾げる仕種に弱い。駄犬《だけん》が飼い主の機嫌を窺《うかが》っているようで、何もかも許してしまいそうになる。

「何？　どうしたの？」

泉田が顔を背《そむ》けたのを不審に思ったらしく、真木は首を傾げたまま身を乗り出してくる。

「何でもない」

「えー、何だよー。俺何か変なこと言った？」

「言うてへん。ちゅうかおまえ、よう飽きんと見に来るなあ」

「泉田君がいるのに飽きるわけないだろ」

当然、という風にあっさり言ってのけた真木に、どう返していいかわからず言葉につまる。

が、真木は特にコメントを期待していなかったらしく、明るい口調で続けた。

「そういやさあ、今日の稽古で安井先輩が千々岩先輩に一瞬で転がされた技あったじゃん。なんかカクって膝《ひざ》から崩《くず》れる感じで。去年の大会でも、千々岩先輩何回かあの技かけてたと思うんだけど、あれ凄いよな。何ていう技？」

ようう覚えてるな、と内心で驚きつつ答える。

「あれはひねり技や。相手の膝が伸びたときに、その膝と同じ側のまわしを引いて相手の膝を土俵に落とすねん。先輩は上手《うわて》をとってはったから、上手ひねり。千々岩先輩の得意技やな」

「あれが上手ひねりなんだ！　速くてよくわかんなかった」

へー、と真木は感心した。相撲のすの字も知らなかった彼だが、稽古を見学したり、先輩たちから借りたＤＶＤを観《み》たりして、かなり詳しくなっている。

わからないことは知ったかぶりせず質問し、今し方のように素直に感心するので、千々岩と安井は真木がかわいくて仕方がないらしい。もちろん後輩として、だが。特に千々岩は、真木と知り合いになったことがきっかけで参加した合コンで彼女ができたので、それはもう盛大《せいだい》に真木贔屓《びいき》である。

いくら相撲やってる俺に一目惚《ひとめぼ》れしたからて、全然興味なかった相撲にようこんな熱心になれるなあ……。

合コンで初めて会った真木の第一印象は、チャラい奴、だった。

わずかに眦《まなじり》の下がった二重《ふたえ》の双眸《そうぼう》が印象的な面立《おもだ》ちは甘く整っており、こげ茶色に染められた髪や、流行を適度に取り入れたセンスの良い服装は、いかにも軟派《なんぱ》に見えた。

俺とは違う種類の人間や。

この合コンが終われば二度と会うこともない。

そう思った男に、一目惚れしたと必死の形相《ぎょうそう》で告白された。——「チャラい奴」は一瞬で「変な奴」と化した。

相撲部の稽古場に唐突に現れた真木は、泉田のまわし姿を見て鼻血を噴いた。非常識な奴かと思ったが、先輩たちに対しては礼儀正しいし、小出の恋愛相談にも真面目に応じる。とにかく明るくて屈託《くったく》がない。あきれるほど強引な面がある一方で、きちんと常識でものを考えたりもする。思いやりもある。

男は無理だとふったにもかかわらず、頻繁《ひんぱん》に顔を見せる真木が迷惑なのは事実だった。が、泉田を見た瞬間、あからさまに輝く顔がなんだか気になった。

ほんまはどういう奴なんやろ？　少なくとも嫌な奴ではない。

ていうか、けっこうええ奴や。

そう思ったのが運のつきだ。

気が付いたときには、真木に特別な感情を持つようになっていた。

真木を二度目にふった後、彼が合コンに参加すると聞いたときの気持ちを、泉田は今もはっきりと思い出すことができる。

俺のこと好きて言うて散々《さんざん》付きまとたくせに、ふられたらすぐ次にいくんか。

当時は絶対に認めたくなかったが、あのムカムカとイライラを足して火をつけたような感情は、間違いなく嫉妬だ。

結局、居ても立ってもいられなくて、呼ばれてもいない合コンに押しかけた。あんな風に衝動に任せて行動したのは、生まれて初めてだった。

おかげで今、こうして真木と向かい合っているわけだ。

「泉田君、今年は大阪場所行かないの？」

「行くで。祖母《ばあ》ちゃんが相撲部屋の見学とちゃんこ鍋つきのツアーに申し込む言うとった」

「え、そんなのあるんだ。おもしろそう。いいなあ」

本当にうらやましそうな物言いに、少し笑ってしまう。

「ツアーは値が張るから無理かもしれんけど、普通に相撲観に行くか？」

「うん、行きたい！」

高級そうな茶色い毛並みの――恐らくゴールデンレトリバーあたりだ――、しかしどこかアホっぽい犬が、ワン！　と吠《ほ》えた幻《まぼろし》が見えた気がして、泉田は反射的に目をこすった。

正面にいるのは、ニコニコと嬉しそうな笑みを浮かべた真木だ。

あかん。毒されてる。

ゴホンと咳払《せきばら》いをして、意識して冷静な口調で答える。

「そしたらチケットとっとくわ。けど初日とか千秋楽《せんしゅうらく》とか土日はチケットとるん難しいから、それ以外の日になると思うけど」

「いつでもいいよ。どうせ明日から春休みだし」

「春休みは実家に帰らへんのか？」

「うん、ずっとこっちにいるつもり。正月に帰ったからいいかと思って。だいたい、帰省しちゃったら泉田君に会えないじゃん。そんなのやだし」

ストレートな言葉に泉田が絶句しているのをよそに、あ、と真木は思い出したように声をあげた。

「泉田君、チケット代いくらかかるか言ってね。泉田君の分も俺が払うから」

「はあ？　何でやねん。自分の分は自分で払うわ」

「でも初デートだろ。最初ぐらい俺が払いたい」

至極《しごく》真面目な顔で言った真木に、泉田は呆気《あっけ》にとられた。

初デート？　俺と、真木が？

次の瞬間、顔だけでなく耳や首筋まで熱くなる。

「おま、アホか、は、初デ……、トて、そんな……！」

「俺と泉田君、二人だけで出かけたことってないじゃん。だから初デートでしょ」

「そ、それは、そうやけど……」

確かに、真木と二人でどこかへ出かけたことはない。せいぜい真木のマンションの近くのコンビニに寄ったぐらいだ。

恥ずかしいのか、照れくさいのか、それとももっと別の何かなのか。

よくわからないが、胸から熱い塊《かたまり》が込み上げてきてうつむく。

すると炬燵の中で胡坐《あぐら》をかいていた脛《すね》を、真木のつま先がそろりと撫《な》でた。

ただそれだけの刺激で、背筋に甘い痺《しび》れが走る。

「っ、真木」

思わず顔を上げてにらみつけるが、真木の足の動きは止まらない。炬燵が小さいのをいいことに、ジーンズの裾《すそ》を押し上げて直接肌を愛撫してくる。

「泉田君と会うの、十日ぶりなんだけど」

「……知ってる」

「すげぇしたい」

低い声で囁くように言われて、一瞬で全身が熱くなるのがわかった。ごく、と思わず唾《つば》を飲み込む。それでも俺もしたいとは言えずに黙っていると、真木はなぜか嬉しそうに笑った。

「ベッドいこっか」

せめてもの意志表示に、泉田は無言で頷いた。

炬燵のすぐ横にあるベッドにもつれ込むと同時に、嚙《か》みつくようにキスをされた。

唇を開いて真木の舌を受け入れる。濡れた感触が飢《う》えた獣《けもの》のように口内を這《は》いまわる感触に、ひどく感じてしまう。

二人の唾液《だえき》がからまる音が頭の中に響いて、たまらなく欲情する。

「んっ……、は、んう」

角度を変えて息を継《つ》がせられ、また塞《ふさ》がれた。

気持ちがいい。もっとしたい。

真木の服を脱がせながら、自《みずか》ら舌をからめる。

こんなに深くて激しいキスは、今まで誰ともしたことがない。そもそも泉田はキス自体、したことがなかった。真木が初めてだ。ただ、おまえとしたのが初めてだと告げたら真木が調子に乗るのは目に見えているので、敢《あ》えて伝えていない。

夢中でキスに応《こた》えていると、服の裾《すそ》から真木の手が中に入ってきた。冷たいと感じたのは一瞬だけで、撫でまわす手はすぐ肌に馴染《なじ》む。

俺の体が熱《あつ》なってるからや。

露《あらわ》になった腹が寒いと感じないのも、ヒーターのおかげというより、体温が上がっているからだろう。

指先で乳首を弄《いじ》られ、むず痒《がゆ》いような痺れが生まれる。そこが他の場所より敏感なことは知っていたが、男でも性的な興奮を煽《あお》られるなんて思ってもみなかった。

「ん、あ、真木っ……」

ようやく離れた唇で呼ぶと、泉田君、と熱っぽく呼び返される。

「好きだよ、大好き」

甘く響く声に、ぞくぞくと寒気にも似た快感が生まれる。

触られていない劣情《れつじょう》に、熱が溜まってくるのがはっきりとわかった。キスをされて上半身を愛撫されただけなのに、先走りで下着を濡らしてしまう。

荒い息を吐きながら腰を揺らしたことに、真木はすぐに気付いたようだ。胸をさまよっていた手が、腹をつたって下へおりる。下着をかいくぐった真木の指先が、ためらうことなく劣情に触れた。あ、と思わず掠《かす》れた嬌声《きょうせい》が漏れる。

「もうこんなになってる……」

「と、十日ぶり、んっ、やからっ……」

やわやわと愛撫されて、声が上擦《うわず》った。自分でもどうかと思うほど興奮し、甘えた声音に、羞恥が襲いかかってくる。

「そうだね、十日ぶりだもんね。一回ぐらい、自分でやった？」

さも嬉しそうに尋ねた真木は、早速《さっそく》手の内に捕らえたものを扱《しご》き始める。

「そんなん……、する、わけ、あぁ」

「しなかったんだ。俺はしちゃった。泉田君の今みたいな、すげぇエロい顔とか、体とか、想像したら止まらなくなって」

熱っぽく囁きながら、真木は泉田の性器を愛撫する。

堂々とオカズにしましたと宣言されたというのに、嫌悪《けんお》はなかった。それどころか、低く甘い声と、案外骨太な指の感触に反応した劣情が、次から次へと雫《しずく》をこぼす。真木の手が動く度《たび》、粘着質《ねんちゃくしつ》な水音が部屋に響く。

「でもやっぱり、本物がいい。本物の泉田君の方が、ずっとエロいしカワイイ」

情欲をたっぷりと滴《したた》らせた声が全身に染みるのがわかって、泉田は喘《あえ》いだ。

真木と会えなかった十日間、自慰《じい》をしなかったのは本当だ。する気になれなかった。

せやかて、自分でやってもあんまり気持ちようなれんのや。

もともと溜まったものを処理するだけだった自慰と、真木の感じさせようとする丁寧な愛撫が同等であるはずがない。

「は、あ、真木、もう、も……」

「ん、いっていいよ」

甘やかす物言いと共に、刺激が与えられる。

ああ、と掠れた声をあげて泉田は達した。迸《ほとばし》ったものが、露にされていた腹や胸元まで飛ぶ。

その感覚にすら感じて、切れ切れに小さく嬌声をあげる。

「いっぱい出たね。ほんとに、してなかったんだ……」

嬉しそうにつぶやく真木の声が遠くに聞こえる。久しぶりの射精の快楽は格別だった。下半身が蕩《とろ》けて溶けてしまったようだ。

気持ちよすぎ……。

達した余韻《よいん》がなかなか去らない。体のあちこちが甘く痺れたままだ。

はあはあと乱れた息を吐いている間に、ジーンズを下着ごと足から引き抜かれた。無防備な性器にあからさまに欲情した視線を向けられ、今更のように羞恥が湧いてくる。

咄嗟《とっさ》に閉じようとした脚は、しかし真木の熱い掌《てのひら》によっていとも簡単に割り広げられた。

一度達したというのに、まだ高ぶっているものや、自《みずか》らが放った淫水《いんすい》で濡れた繁《しげ》みや二つの膨《ふく》らみ、そして更に奥まった場所に、真木の強い視線を感じる。こんなときは、相撲では有利に働く柔らかな体が恥ずかしい。

「や、見んな……」

「何で？　いいじゃん、見たい」

「けど、こんなん……」

「泉田君が俺で感じてくれてるの、すげぇ嬉しい」

普段は聞くことがない男くさい口調に、ますます羞恥を煽られる。

アホか、と悪態《あくたい》をついて恥ずかしさをごまかそうとしたが、尻の谷間に冷たい感触を感じて、ア、と高い声をあげてしまう。それがローションで濡れた真木の指だと認識したときには、一気に根元まで埋《う》められていた。あまりの衝撃に背中が反《そ》り返《かえ》る。

既に何度も真木を受け入れ、少しずつ苦痛が薄れてきた場所だが、久しぶりだからか苦しい。

「アホ、そんな、急に……！」

「ごめん、痛い？」

「痛《いた》ない、けど……、もっと、ゆっくり……」

「ほんとごめん。ゆっくりしたいんだけど、俺も、けっこうきてて……」

情けない声音に、荒い息を吐きながら真木を見上げる。

柔らかな弧《こ》を描く眉は八の字に寄っていた。汗で濡れた赤い顔には、俺は今物凄く我慢しています、と書いてある。

じん、と胸の奥が熱くなった。

「そしたら、早《はよ》せぇ……」

「早くって……」

「早《は》よ解《ほぐ》せ、言うてんねん」

うんと頷くよりも先に、真木の指が動き出した。

硬く閉じた内側を拡《ひろ》げるように円を描いたかと思うと、細かく抜き差しされる。丁寧に、しかし活発な動きで中を解してゆく。

違和感と苦しさに歯を食いしばったそのとき、ある一点を強く押された。

電撃のような強い快感に打たれ、たちまち体が跳ね上がる。

「あぁっ……」

何度経験しても、この刺激にだけは慣れることができない。まるで初めてのように、真木の指をしめつけてしまう。

しかし愛撫を続ければ、すぐに蕩け出すことがわかっているからだろう、真木は怯むことなく指を動かした。感じる場所を集中的に押しながら撫でられる。

あまりに強烈な快感に、目の前で火花が散ったような錯覚に陥《おちい》った。腰がビクビクと震えるのを止められなくて、真木の肩口をぎゅっとつかむ。男の体の中にこんなに感じる場所があるなんて、真木に抱かれるまで知らなかった。

「やめっ、あかんて、そこばっか、したら、いく、いくからっ」

「気持ちいい?」

「ええ、けど、あか、あかん、俺だけ、いやや……!」

激しく首を横に振ると、ようやく指がそこから離れた。ほっと息をついた隙を狙ったかのように、たっぷりローションを纏《まと》った二本目の指が中へ入ってくる。

かなり柔らかくなっているらしい後ろは、それをすんなりと受け入れた。

「あ、あっ、真木っ……」

「俺も、泉田君と、一緒にいきたい……。でも、無理しなくていいから……。いきたかったら、いってもいいよ」

囁きながら、真木は指を大胆に動かした。耳を塞ぎたくなるような卑猥《ひわい》な水音があふれ出す。際限《さいげん》なく温度を上げる体を持て余し、泉田は真木にしがみついて喘いだ。

中で縦横無尽《じゅうおうむじん》に動く指は三本に増えている。感じる場所にときどきしか触れてくれないのがもどかしくて、自然と腰が揺れる。

そこばかり愛撫されるのは嫌だ。けれど、愛撫されないのも物足りない。

「や、真木、まきっ……」

「ん、だいぶ、柔らかくなったね」

真木に何を言われたのか聞き取れないほど、思考力は快感に蝕《むしば》まれていた。呼吸の合間に声をあげているのか、声をあげている間に息をしているのか、判断がつかない。

あかん、このままやったら、いってまう。

霞《かすみ》がかかったような意識でそう思ったとき、指が一気に引き抜かれた。

ああ、と掠れた悲鳴のような声を漏らしてしまう。

指が出て行ったせいで、己の内側が蠕動《ぜんどう》しているのがよくわかった。うねって締まり、次の瞬間には緩く解けて震える。

真木を求める動きをどうにかして収めようと、泉田は腰をくねらせた。

が、切ない収縮は止まらない。それどころか、限界近くまで張りつめた劣情が腰の動きに合わせて揺れて、更なる快感を生む。

「は、あ、いやや、まき、もう、も」

「入れるね」

両脚を強い力で持ち上げられたかと思うと、ひくひくと震えているそこに熱いものが押し当てられた。そのままゆっくり貫《つらぬ》かれる。

「あっ、あー っ……!」

体の奥深くまで真木に開かれるのと同時に、泉田は二度目の絶頂を迎えた。

間を置かず、真木も達する。ゴムに阻《はば》まれたせいで、真木が放ったものが流れ込んでくることはなかった。が、極まったばかりで過敏になった体は、ひどく感じてしまう。

熱うて溶けそう……。

頭が芯まで痺れたようになっていて、しばらくまともに話すことすらできなかった。

二人分の喘ぎが室内に満ちる。

荒い息を吐きながらも、先に我に返ったのは真木だ。

「ごめん……、入れただけでいっちゃった……」

「や……、俺も……、いってしもたから……」

言いながら閉じていた目を開けると、真木の汗に濡れた顔が視界を占《し》めた。こちらを見下ろす二重の双眸には、燃えるような情欲と確かな愛《いと》しさが等分に映し出されている。

泉田が脱がせたので、真木の上半身は露になっていた。服を着ているとほっそりとして見えるが、中学高校と陸上部で鍛《きた》えただけあって、真木の体はひきしまっている。直線的な鎖骨《さこつ》や張りのある胸、うっすらと割れた腹は、なかなか男らしい。

その細身ながらも逞《たくま》しい体が汗ばみ、上気《じょうき》しているのを見て、胸の奥が痺れた。

ああ、真木、俺に欲情してるんや。

意識しないうちに、内壁《ないへき》が受け入れたままの真木を愛撫する。

く、と真木が喉《のど》を鳴らした。

「泉田君……、もっかい、してもいい……?」

既に奥深くまでつながって、欲情した体を取《と》り繕《つくろ》うことなどできない状態だ。

それなのに、俺もしたいとはやはり言えなくて、泉田はただ頷いた。


今日も稽古《けいこ》あるのに、三回もしてしもた……。

あかんやろ、俺。セックス好きすぎるやろ！

「泉田《いずみだ》、泉田」

ていうか、真木《まき》がセックス好きすぎるんや。そんで上手《うま》すぎるんが悪い。

さすがに今日はケツ痛い。ていうか、真木のがまだ入ってるみたいな違和感がとれへん。あと股関節《こかんせつ》と腰もちょっと痛い。

世間一般の恋人て、あんなに何回もやってるんやろか。

「泉田て」

けど何回やってますかて聞いてまわるわけにもいかんし。

まあでも、めちゃめちゃ気持ちよかったんやけど……。

男の俺が男の真木に入れられて、気持ちええてどうなんや。

散々《さんざん》やっといてこんな疑問持つんもアレやけど、それでほんまにええんか。

「泉田！」

強く呼ばれて、ハッと顔を上げる。

目の前にいたのは小出《こいで》と寺内《てらうち》だった。二人とも心配そうな顔をしている。

「ぼうっとして大丈夫か？」

「ひょっとして風邪か？」

交互に声をかけられ、ぶわ、と顔が熱くなった。慌てて首を横に振る。

「や、何でもない。大丈夫や」

友人たちと食事をとっている最中だというのに、真木とのセックスについて考えていた自分が恥ずかしい。

場所は構内にある食堂の窓際の席だ。大きな窓ガラスの向こうには、冬枯れの山と真っ青な空が見える。朝からよく晴れているが、気温は氷点下近い。

春休みに入ったせいで、食堂はいつもより空《す》いていた。とはいえ理系の学部ばかり集まっている『緑の孤島《ことう》』には、休み中も実験や研究を続けている学生が大勢いる。白衣や作業着を纏《まと》った彼らのおかげで、それなりに賑《にぎ》やかだ。

「インフルエンザが流行《はや》り出してるみたいやから、気ぃ付けた方がええぞ」

「今年めっちゃ寒いからなあ」

カレーライスを頬張《ほおば》る二人に、せやなと頷きつつも、ますます恥ずかしくなった。

何か、小出と寺内がめちゃめちゃ健全に見える……。

昨夜《ゆうべ》は結局、真木のマンションに泊まった。既に何度も泊まっているため、着替えを置いてあるので不自由はなかった。明けて今日、真木が作ってくれた簡単な朝食をとり、バイトへ行く彼と一緒に部屋を出た。玄関を出る前に、ちゅ、と不意打ちでキスされたのには驚いた。いってらっしゃいのちゅー。さも嬉しそうに言われて、絶句してしまった。

いってらっしゃいのちゅーて新婚か！

新婚て……！

真木の言動だけでなく、己《おのれ》の桃色思考もいたたまれない。

うつむき加減で中華丼を食べていると、少し離れたところに女の子のグループが腰を下ろした。全体の五分の一程度しかいない女子学生の集団は、たとえ地味目の服装の子ばかりでも華やかだ。

「やっぱり手作りはあかんかなあ」

「カレシやったらええけど、コクる段階で手作りは良うないらしいで」

漏れ聞こえてきた会話に反応したのは寺内だ。

「バレンタインデーまで十日か……」

ぽつりと発せられたつぶやきに、最近やっと失恋の痛手から立ち直った小出が、あ、とふいに声をあげる。

「そういやさっき購買《こうばい》行ったら、チョコのコーナーができとったわ」

「マジか。ガッコの購買で誰がバレンタインのチョコ買うねん」

「義理やったらわからんで」

「ああ、義理か……。俺、オカンと姉ちゃんからしかチョコもろたことないねん……」

「僕もオカンからしかもろたことない」

静かに会話を続けた小出と寺内は、同時にこちらを向いた。

ん？　と首を傾《かし》げると、はー、と二人同時にため息をつく。

「泉田は家族以外からも、本命チョコいっぱいもろてそうやな」

「え、や、そんなたくさんはもろたことないぞ。小学校んときと高校んときに、一個か二個もろたぐらいで……」

寺内の言葉に、泉田は思わず正直に答えた。

ただ、どれもあまり良い思い出ではない。女の子たちの気持ちはありがたかったが、どう対処していいかわからなかったからだ。

小学生の頃はまだよかった。母がお返しを用意してくれて、それを渡して終わった。

厄介《やっかい》だったのは高校二年のときのバレンタインデーだ。一度も口をきいたことがない隣のクラスの女子生徒にチョコレートを渡されて告白され、大いに困惑した。や、俺、アンタのこと全然知らんから、ごめん。そんな風に言ってしまった。その彼女は泣きそうな顔をして走り去り、二度と近付いてくることはなかった。

その点、真木は全然めげへんかったな……。

本学からバスに乗ってわざわざ『緑の孤島』までやってきて、稽古場にいる泉田を探し出した。一目惚《ひとめぼ》れしちゃったんだもん、としおらしげに、しかしどこか強情《ごうじょう》を張る子供のようにつぶやいたのを覚えている。

あきれたような、憐《あわ》れなような、不思議な心地《ここち》になった。思い返してみれば、あの辺りから少しずつ真木にほだされていったのだ。

黙ってしまった泉田がバレンタインデーの甘い思い出に浸《ひた》っているとでも思ったのか、はー、とまたしても寺内がため息を落とす。

「やっぱり本命チョコもろたことあるんや……。泉田、地味やけどオトコマエやし、流行りの細マッチョやもんな。今年ももらうかもな……。まあでも、もろたとしても真木君よりは少ないやろけど」

「ああ、真木君はめっちゃもらいそうやな」

小出もすかさず同意する。

唐突に出てきた真木の名前に、泉田は箸《はし》を止めた。

確かに真木はもてそうだ。特別整っているわけではないけれど、間違いなくイケメンのカテゴリに入る顔だし、身長も百七十三センチの泉田より数センチ高い。おまけに明るくて人懐《ひとなつ》っこい。軽そうに見えて案外礼儀正しく、真面目である。女性はきっと、彼のようなタイプが好きだろう。実際、合コンで女性に接近されているのを目撃している。今まで、たくさんの本命チョコをもらってきたに違いない。

もしかしたら今年も、泉田の知らない誰かからもらうかもしれない。

そう考えると、メラメラとムカムカを足した感情が胸に湧《わ》いた。

何やねん。俺とどろどろになるまでセックスしてるくせに。

「っ！　……っ！」

次の瞬間、泉田は両手で頭を抱えた。

ええ加減セックスから離れろ、俺！

なんかもう、真木が好きなんかセックスが好きなんか、ようわからんようになってきてるやないか……！

「ちょ、泉田、どうしてん、大丈夫か？」

「真木君より少ない言うたんがショックやったんか？　すまんすまん」

泉田が真木と付き合っていることを知らない友人二人が、それぞれ見当違いではあるが優しい言葉をかけてくれる。ありがたいような、情けないような気持ちになった泉田は、今日の稽古はいつも以上にがんばろうと決意した。

思い切り体を動かして汗をかけば、少しはこの桃色の霧《きり》も晴れるはずだ。


稽古に集《つど》ったのは、安井《やすい》と小出と泉田の三人だけだった。千々岩《ちぢいわ》は就職セミナーがあるとかで、珍しく姿を見せなかった。

千々岩ほどではないが、中学高校と相撲《すもう》部だったという安井もそこそこ強い。四股《しこ》、伸脚《しんきゃく》、腰割り、調体《てっぽう》、運び足、受け身といった基本動作をみっちりとやった後、彼に稽古をつけてもらった。

最初、昨夜のセックスのせいであらぬところが痛み、自分の体が自分のものではないような違和感があった。が、それも一心に稽古をするうちに薄らいでいった。思考を覆《おお》っていた桃色の霧も晴れた気がする。

やっぱり相撲はいい。

汗と土にまみれながら、しみじみと思う。

泉田が相撲に興味を持ったのは、相撲ファンの祖母の影響である。泉田が幼い頃の大相撲は、大勢の小柄な力士《りきし》が活躍した時代だった。平幕《ひらまく》の彼らが技と工夫を凝《こ》らし、大きな横綱《よこづな》や大関《おおぜき》を倒すのを見るのが何より楽しみだった。居間のテレビでアニメやバラエティ番組を楽しむ弟《てい》妹《まい》をよそに、泉田は祖父母の部屋のテレビで相撲中継を観た。

自分もやってみたいと思ったが、近所に相撲を教えてくれるところはなかった。小中学校はもちろん、通える範囲の高校にも相撲部はなく、仕方なく野球部に入って体を鍛《きた》えた。そうしていつか絶対に相撲をやろうと思いながら大学生になった。

まわし以外は何も身につけず、己の肉体のみで戦う。もとは神事《しんじ》だったという相撲の、その見事なまでの潔《いさぎよ》さに惹《ひ》かれる。

「ちょっと早いけど休憩《きゅうけい》するか」

安井が時計を見上げて言う。

はい、と小出と共に返事をしたとき、ドアが開いた。顔を覗《のぞ》かせたのは真木だ。

泉田と目が合うと、ぱあああ、と効果音が聞こえてきそうな勢いで笑顔になる。

「こんにちは！」

「おー、真木。今日も来たんか。おまえ暇やなあ」

「安井先輩ひどいですー。さっきまでちゃんとバイト行ってましたよ。これ、差し入れです」

真木が小豆色《あずき》のビニール袋を差し出す。中身はどうやらたい焼きのようだ。

おお、と安井が嬉しそうな声をあげたそのとき、真木の後ろから女子学生が顔を出した。緩《ゆる》くパーマのかかったこげ茶色のロングヘアと、パステルピンクのハーフコートにレースのスカート、ロングブーツという服装が、愛らしい面立《おもだ》ちによく似合っている。

見覚えのないコやな。誰やろ。

小出を見遣《みや》ると、彼は首を横に振った。僕も知らんコや、と目顔で言われる。

じっと見つめた先で、彼女は軽く頭を下げた。

「はじめまして。文学部の根本《ねもと》です。今日は見学に来《こ》さしてもらいました」

子供っぽい甘い声だ。やはり声にも名前にも覚えはない。

文学部は真木が所属する法学部と同じキャンパスにある。

真木の知り合いか？

真木に視線を移すと、彼はなぜか慌てたように言った。

「根本さん、今年のはじめにバイト先のカフェに入ってきた同僚なんだ。休憩のときにちょっと相撲の話したら、どうしても相撲部に見学に行きたいって言うから」

「突然お邪魔してすみません」

根本はまた殊勝《しゅしょう》に頭を下げる。

……ちゅうかこのコ、真木とくっつきすぎやないか？

初めての場所で緊張しているせいかもしれないが、真木の腕に今にも触れんばかりだ。

覚えのあるメラメラとイライラが湧き上がってきたとき、ええよええよ！　と妙に上擦《うわず》った声が稽古場に響いた。声の主《ぬし》は安井だ。

驚いて振り返ると、つきたての餅《もち》を思わせる安井の体は、桃色に上気《じょうき》していた。肉に埋《う》まった細い目は、根本をしっかりと捉《とら》えている。どうやら一目惚れしたようだ。

「見学大歓迎や！　そこ寒いやろ、今ストーブつけるから、あたって」

はい、と根本は可愛らしく返事をする。が、真木の側《そば》から離れない。

どう見ても真木狙いや……。

泉田の不機嫌な視線に気付いたのか、真木は根本と距離を置こうとするかのように、せかせかと中へ入ってきた。すると案《あん》の定《じょう》、根本は彼の後をぴったりと追う。

小出も根本の目的が相撲ではなく真木にあると気付いたらしく、苦笑している。

が、安井は根本しか目に入っていないせいか、彼女の思惑に気付かないようだ。隅にあったストーブに火を入れる。監督やコーチが来たときに座る折りたたみの椅子を出してきて、ストーブの側へ置き、座面をぱんぱんと手で払う。その間、約十秒。土俵《どひょう》の上にいるときですらなかなかお目にかかれない早業《はやわざ》だ。

「地面に座るわけにはいかんやろ、どうぞこっち来て座って」

「あ、すみません。私、ここでいいです」

椅子を勧《すす》めた安井に、しかし根本は首を横に振る。ちゃっかり泉田の横に陣取《じんど》った真木の側から動こうとしない。

そんな彼女をどう思ったのか、真木がやんわりと促《うなが》した。

「根本さん、座らせてもらったら？」

「けど私、ここに来るん初めてやし……」

根本は甘えるように真木を見上げ、更に身を寄せる。

が、真木は動じた様子も赤くなることもなく、ニッコリ笑った。

「皆良い人だから緊張しなくても大丈夫。ずっと立ってるの疲れるだろ。座らせてもらいなよ」

おお、真木、凄《すご》いな。

泉田は一瞬、嫉妬を忘れて感心した。

根本のような、見た目がいかにも可愛らしい女性を拒絶するのは、男にとっては至難《しなん》の業《わざ》である。女に非がある場合でも、男が一方的に悪者になってしまうことがあるからだ。恐らく彼女は、そうしたことを全て計算した上で、真木に甘えている。

しかし真木は物言いこそソフトだが、根本になびかない。怯《ひる》まない。

いつもの真木と違《ちご》て、ちょっとカッコエエかもしれん。

妙なところで見直している間に、案の定、根本は拗《す》ねた視線を真木に向けた。

「でも真木君、私……」

「あー、真木、かまへんかまへん。そら初めての場所は緊張するわ」

焦《あせ》ったように言った安井は、根本が今いる場所に折りたたみの椅子を移動させる。

「ありがとうございます」

先ほど挨拶《あいさつ》したときよりは幾分か素《そ》っ気《け》ないものの、根本はちゃんと礼を言った。

そんなめちゃめちゃ嫌なコでもないんか……？

いや、真木にくっついてる時点で嫌な女やけども。

ていうかそもそも、何で真木はこのコを連れてきたんや。


「だから、連れてきたわけじゃなくて勝手についてきたの！」

もう何度も言われたことをまた言われて、あーそう、と泉田は適当に返した。

ああー、と隣を歩く真木は情けない声をあげる。

「その言い方は信じてないよね。さっきも言ったけど、俺がいつも通り緑の孤島行きのバス停に行ったら彼女が待ち伏せしてて、一緒に行こうって言うんだよ。ほんとは一緒になんて行きたくなかったけど、春休みに入ったからバスの本数がすげぇ少なくなってて、それ逃《のが》したらもう一時間以上孤島行きのバスないんだ。次のバスまで待ってたら泉田君に会える時間が減っちゃうじゃん。だから仕方なく一緒のバスに乗っただけ！　嘘はついてない。稽古場の神棚《かみだな》にいる神様に誓《ちか》ってもいい！」

「あーもう、うるさい。近所迷惑やろ」

じろりとにらんでやると、真木はしゅんと肩を落とした。

二人並んで歩いているのは、田舎《いなか》の集落特有の細い道路だ。小型の普通自動車がすれ違える、ぎりぎりの狭《せま》さである。

街灯が照らし出す薄暗い道路に人影はない。集落全体が高齢化しているだけでなく、周囲に娯楽《ごらく》施設も繁華街《はんかがい》もないため、若い人たちも早い時刻に帰宅しているのだ。おまけに日が暮れてから急激に気温が下がった。吐く息は真っ白である。都会はともかく田舎では、こんな寒い夜は誰も外に出ない。

泉田と真木がめざしているのは泉田家だ。

稽古を終えた後も、安井はあれこれ根本に話しかけていた。しかし彼女はやはり、真木の横から動こうとしなかった。本当は昨日のように真木のマンションへ寄るつもりだったのだが、根本が私も行くと言い出しかねなかったので、泉田の家へ帰ることにしたのだ。電車で四十分ほどかけて、ここまできた。

「根本さんと最初にしゃべったときに相撲について語っちゃって、緑の孤島にある相撲部に見学に行ってるって話した俺も悪かったよ。でも途中で根本さんが俺に気があるってわかって、世間話の中で恋人がいるってさりげなく言ったんだ。すげぇラブラブだって。でも彼女、恋人がいようがいまいが関係ないみたいでさ」

ぶつぶつとつぶやく真木の言葉に、耳をすませる。

ほう、相撲について語ったんか。そんで恋人がおることも言うたんか。

「俺、ああいう節操《せっそう》がないコ、理解できないっていうかほんと苦手なんだよね。でもバイトの同僚だし、コクられてないのに邪険《じゃけん》にするわけにもいかないし、泉田君には誤解されちゃうし、すげぇ迷惑」

ぶつぶつと尚もこぼす真木を、泉田はちらと横目で見遣った。耳と尻尾《しっぽ》を垂《た》らしたこげ茶色の犬が見えた気がして瞬《まばた》きをする。

真木の言い分を信じていないわけではない。根本への態度を見ていれば、彼女を歓迎していないのはよくわかった。本当に迷惑がっていた。

それでもムッとしているのは、真木が根本のことを何とも思っていないとわかっていてもなお、嫉妬している自分が恥ずかしいからだ。つまり、八つ当たりだ。

俺もたいがいしょうもない男や……。

「泉田君、あのさ」

「何や」

「よく考えたら俺、泉田君ちに行くの初めてだよね……」

勝手に不機嫌になっていたばつの悪さも手伝って、泉田は大きく頷いた。

「よう考えんでも初めてやな」

「どうしよう、俺手ぶらだよ。手土産《てみやげ》持ってくればよかった。いきなりお邪魔して失礼な奴とか思われないかな。うちのコとはもう付き合わないでちょうだい！　とか怒られたりしないかなあ」

耳と尻尾をたらしたまま、犬が右往左往《うおうさおう》する。ちょっとかわいい。

「うちのコて何じゃそら。女やあるまいし、そんなん言われるわけないやろ。おまえがうち来るんはメールで連絡したから大丈夫や。もともと親は、俺がおまえんちに泊まってるんを申し訳ないて言うとったんや。いっぺん遊びに来てもらいなさいて言われてたからちょうどええ」

「えっ、そうなの？　ていうか泉田君、俺の名前出してくれてるんだ」

「まあ、聞かれたからな。別に隠すことでもないし」

最近親しくなった法学部の同級生。東京出身で一人暮らし。相撲に興味があって、相撲部に見学に来ている。その程度のことは話してある。

真木はしかし、さも嬉しそうに笑った。

「てことは、ご家族は俺のこと、ちょっとは知ってくれてるってことだよね。うわー、緊張するなあ。もっといい服着てくればよかった」

埃《ほこり》などついていないのにコートの肩や裾《すそ》を払い、両手で髪型を整える真木に、堪《こら》えきれずに笑ってしまう。

「おまえなあ、何も面接受けるわけやないんやから」

「や、でも面接みたいなもんでしょ。ていうかあれだ、息子さんをください、みたいな。あ、でももういただいちゃってるんだけど」

語尾の、けど、を真木が言うか言わないかのタイミングで、泉田は容赦《ようしゃ》なく真木の背中を叩いた。バシ！　と鈍《にぶ》い音がするのと同時に、おぐふ、と真木が妙な声をあげる。

手加減しなかったので、相当痛かったようだ。真木は涙目でこちらを見つめてきた。

「い、泉田君、泉田君は、本気で叩いちゃだめだ……。力士の張り手はボクサーの拳《こぶし》と同じなんだからっ……」

「おまえがしょうもないこと言うからやろ」

「しょうもなくないもん」

「もんて言うな」

言い合いをしているうちに、先ほどまで胸の内に渦巻《うずま》いていた黒い気持ちがなくなっていることに気付く。

真木てこういうとこあるよな。

本人が意図《いと》しているのかしていないのかはわからないが、凝《こ》り固《かた》まった感情をあっという間に柔らかくしてくれる。

足取りが軽くなっているのを感じていると家に着いた。

うわー、と真木が門をくぐりつつ声をあげる。

「庭広《ひろ》っ！　松でか！　おお、蔵《くら》がある！　昔からある家って感じだね」

「一応建て替えはしてるけど、家自体は江戸時代からここにあるらしいからな。祖母《ばあ》ちゃんもオカンも跡取り娘で、祖父《じい》ちゃんとオトンは養子にきたから、母方の実家や」

「へー、そうなんだ。すげぇ」

真木の家も田舎にあると言っていたが、核家族だというから新興住宅地なのだろう。祖父母も都会に住んでいるらしいので、こういった田舎の民家には縁がないのだ。

物珍しそうにあちこち眺める真木を伴《ともな》い、玄関の引き戸を開ける。

ただいま、と声をかけると、はーい、とすぐに返事があった。母と妹と祖母の声だ。

奥から出てきたのはジャージ姿の妹と、着物姿の祖母だった。

「おかえり、悟史《さとし》。いらっしゃい、真木君。寒かったやろ」

「うわっ、真木君めっちゃカッコエエ！」

ニコニコと笑う祖母の横で、四月から中学三年になる妹が叫ぶ。

ぎょっとした泉田の横で瞬きをした真木だったが、すぐ楽しげに笑った。

「どうもありがとう。はじめまして、真木達弘《たつひろ》です」

「あ、私、妹の葉月《はづき》です。よろしくお願いします。お母さーん、真木君めちゃめちゃカッコエエで！　しかもオシャレで王子サマてマジで王子サマっぽい！」

踵《きびす》を返した妹に、王子サマてマジで！　てあんた、お客さんに何を失礼なこと言うてんの！と母が怒鳴《どな》る声が聞こえてくる。

恥ずかしい……。

最近、いや、真木と付き合ってから恥ずかしいことばかりだが、今はまた別の意味でいたたまれない。

思わず顔を伏せると、ふふ、と祖母が楽しそうに笑う声が聞こえてきた。

「いらっしゃい、真木君。悟史の祖母です」

「あ、こんばんは。真木達弘です。今日は突然お邪魔してすみません」

「いえいえ、いっつも悟史がお世話になって、こっちこそ申し訳ないことです。どうぞゆっくりしてってください」

「はい、ありがとうございます」

頭を下げた真木は、こちらを見て嬉しそうに笑う。

「いいご家族だね」

「いろいろすまん……」


夕食を食べている間に、真木はあっという間に泉田の家族と馴染《なじ》んだ。

いつも穏《おだ》やかな祖母や、明るく賑やかな母と妹、温厚《おんこう》な父は当然としても、気難しい祖父や反抗期の名残《なご》りがある三つ年下の弟も、楽しそうに真木と話していたので驚いた。

とはいえ祖父は最初、髪をこげ茶色に染め、目にも鮮《あざ》やかなオレンジ色のセーターを着た真木が気に入らなかったようだ。が、その礼儀正しさと食事のマナーの良さ、そして好き嫌いなく何でもモリモリ食べることに感心したらしく、おまえたちも真木君を見習いなさいなどと言われてしまった。

真木が人の懐《ふところ》に飛び込むのが上手いのか。

それとも、泉田の家系が真木のようなタイプに弱いのか。

たぶん、どっちもやろう。

「いやー、何か結局泊めてもらうことになっちゃって、悪いな」

ベッドのすぐ横に敷かれた布団の上で胡坐《あぐら》をかいた真木は、申し訳なさそうにペコンと頭を下げた。

「俺もおまえんとこによう泊まってるし、お互いさんやろ。それに弟と妹の友達もときどき泊まりにきてるしな」

ベッドに腰かけた泉田は、改めて真木を見下ろした。

風呂から上がった彼が着ているのは泉田のジャージだ。身幅《みはば》は余っているのに、袖《そで》の長さとズボンの丈《たけ》が若干《じゃっかん》足りていないのが、なんとなくおもしろくない。

「泉田君って感じの部屋だね」

きょろきょろしながら言われて、眉を寄せる。

「そら俺の部屋やからな」

「うん、そうなんだけど。なんかこう、ブレない感じが泉田君っぽい」

嬉しそうな真木に、泉田は室内を見まわした。

勉強机、本棚、オーディオセット、ベッド。八畳《じょう》の洋間にあるのはそれくらいだ。大相撲のカレンダーが飾ってある以外はこれといった装飾品もない。

「別に、普通や」

「泉田君にとったら普通だろうけど」

そこまで言って、真木はふいにくすぐったそうに笑った。

「何や」

「や、何かいろいろ新鮮だなーって。泉田君、うちだと凄いお兄ちゃんって感じだね」

「そら長男やからな」

「うん。なんかさ、そういうのも含めて、今日は相撲部じゃ見られない泉田君のいろんな面が見れて、すげぇ嬉しかった」

えへへと笑った真木は立ち上がり、泉田の横に腰を下ろした。

ベッドについていた手をそっと握《にぎ》られる。

気恥ずかしいが、嫌ではなかったのでそのままにしていると、真木は指先に力を入れた。

「面倒なコに目ぇつけられちゃって嫌な気分だったけど、彼女のおかげで泉田君ちに来《こ》れてラッキーだったな」

「ラッキーて別に、また来たらええやろ」

「え、いいの？」

「ええよ」

「そっかー、ありがと。嬉しい。今度は手土産持って来させてもらうね。でもやっぱり基本は俺んちがいいかな」

「何でや」

真木を見上げると、彼は耳元に口を寄せてきた。そして小さな声で囁く。

「だってさ、ここだとエッチできないじゃん」

刹那《せつな》、泉田はカッと顔に血が上《のぼ》るのを感じた。

否、顔だけではない。耳や首筋、体まで熱い。

慌てて真木に握られた手を振り払おうとするが、捕らわれた手はびくともしない。

力は俺のが強いはずやのに……！

「おま、おまえ、アホか、昨日の今日でっ」

真っ赤になっているだろう顔をどうすることもできず、かろうじて文句を言う。

すると真木は、えー、と口を尖《とが》らせた。

「昨日は昨日、今日は今日だよ。俺はできれば毎日やりたい。あ、もちろん泉田君の負担にならないように、ちゃんと触るだけの日も作るから安心してね」

恐ろしい計画を嬉しげに告げた真木は、ちゅ、と音をたてて泉田の頬にキスをした。

「おやすみ！」

また張り手を食らってはたまらないと思ったのか、そそくさと立ち上がり、客用の布団に潜《もぐ》り込《こ》む。

一人ベッドに取り残された泉田は、思わずキスされた頬に手をやった。

体が熱くなったせいか、昨夜、真木にされたことが次々に甦《よみがえ》ってくる。

口内《こうない》の敏感なところをしつこいほど舐《な》めてきた舌。胸や脇腹の感触を確かめるように撫でまわす手。器用な動きで乳首を弄《いじ》る指先。内腿《うちもも》に吸いついてきた唇。そして、体の奥深くまで侵入してきた劣情《れつじょう》。――三度目につながったときには感じすぎて辛《つら》くて、真木の名前を何度も呼んですすり泣いてしまった。

大丈夫だよ、泉田君、かわいい、好き、大好き。

濡れて掠《かす》れた真木の低い声を思い出し、は、と我知らず熱い吐息が漏れる。

こんもりと丸くなった客用布団をにらみつけたが、後の祭りだ。

このアホンダラ、いろいろ思い出してしもたやないか、どうしてくれんねん！


結局、昨夜《ゆうべ》ほとんど寝れんかった……。

横に真木《まき》がおるのに、何もせんなんて寝れるわけない。

めっちゃしとうて眠れんて、俺はやっぱりセックスが好きなんか。せやからあんなどろどろになってしまうんか。

「おい、泉田《いずみだ》」

何にしても、昨夜は完全に真木が悪い。

あんな思い出させるようなこと言うときながらぐーぐー寝やがって。しかも朝は朝でモリモリ飯食いやがって。

まあ、祖父《じい》ちゃんが食べなさい食べなさいてやたら勧《すす》めたせいもあるけど。

「泉田、泉田」

今日と明日はバイトがあるから見学に行けないんだ、ごめんね。

てそんなん、別に謝る必要ないやろ。テストんときはもっと長いこと会《お》うてへんかったし。

だいたい、毎日来てくれなんて言うた覚えはない。

「泉田て」

それよりセックスや。

ていうかもう、こんな簡単にセックスセックス言うてる時点で終わってる気ぃする……。

「泉田！」

肩を強く叩かれて、ハッと顔を上げる。

目の前には心配そうに眉をひそめた千々岩《ちぢいわ》、安井《やすい》、小出《こいで》がいた。呼んだのは千々岩のようだ。

稽古《けいこ》の合間の休憩《きゅうけい》時間なので、皆まわし姿である。

「ぼうっとしてどないしてん」

「や、あの、何でもないです。すんません」

慌てて謝ったが、小出がやはり心配そうな目を向けてくる。

「泉田、昨日もぼうっとしとったやろ。体調悪いんか？」

「ほんまか、泉田。そういや今日のおまえの立ち合い、いつもより覇気《はき》がなかったな。稽古は大事やけど無理すんな」

「いや、ほんまに大丈夫です」

俺の今日の立ち合い、あかんかったんか……。

自分ではいつも通り、否《いな》、いつも以上に気合を入れていたつもりだったが、寝不足が影響したようだ。しかもただの寝不足ではない。桃色の寝不足である。

密《ひそ》かにショックを受けていると、安井が大きなため息を落とした。そしてぼそりとつぶやく。

「恋、か……」

こい？　と鸚鵡返《おうむがえ》したのは千々岩だ。

「何や、釣りの話か？　安井、釣りに興味あんのか」

「違いますよ、先輩。恋です、恋愛です」

「ああ、そっちの恋な。うん？　何や、泉田が誰かを好きになったとか、そういう話か？」

「そういう話です。今の俺にはちゃんとわかるんですよね」

ふ、と笑った安井は、ありもしない前髪を丸い指先で払う。

千々岩は甘いものと辛《から》いものを同時に食べたような顔になった。とりあえず安井を放置し、

泉田と小出の側《そば》に寄ってくる。

「安井の奴、何か悪いもんでも食うたんか」

「や、あの、昨日、真木君が文学部の女の子と一緒に見学に来てですね……」

声を落として説明を始めた小出だが、安井がいるところで彼女は真木狙《ねら》いですと言うわけにはいかなかったらしい。その点だけは省《はぶ》いて千々岩に事情を話す。

千々岩はふうんと頷いた。

「要するに安井はそのコに一目惚《ひとめぼ》れしたと」

「そうみたいです」

「けど真木と一緒に来たっちゅうことは、そのコ真木のカノジョやないんか?」

「違います」

小出が答えるより先に、泉田は間髪《かんはつ》を入れずに否定してしまった。

うわ、我ながら物凄《ものすご》い不機嫌な声や……。

しかも思った以上に大きな声になったが、千々岩は特に気にとめる風もなく、そうなんか? と首を傾《かし》げた。ちらと安井を見遣《みや》った後、声を潜《ひそ》めて問う。

「で、見込みはあるんか」

泉田は小出と顔を見合わせた。見込み、ないよな、と小出に目顔で問われ、頷く。

二人そろって小さく首を横に振ってみせると、千々岩は眉を寄せた。

「けどあの様子やとコクる気満々やぞ」

振り返った先には、頬を薔薇色《ばらいろ》に染めた安井がいた。視線はあらぬ方を向いている。妄想の中で根本と恋人同士になっているのか、頬がだらしなく緩《ゆる》んでいた。

三人に生暖かく見守られて、さすがの安井も我に返ったらしい。とはいえゆるゆるになった顔はそのままに尋ねてくる。

「今日も根本《ねもと》さん来《こ》るかな」

「たぶん、今日は来んと思います。真木がバイトで来れんので」

遠まわしに、真木が来ないと根本は来ない、つまり彼女は真木目当てだと言ったつもりだったが、恋する安井には通じなかったようだ。そうなんか、と単純に残念そうな顔をする。

あきらめるかと思いきや、しかし安井は前向きだった。

「よし、真木に根本さんの連絡先教えてもらうか、連絡とってもらおう」

えっ、と泉田はまたしても一番に声をあげてしまった。

「えって何やねん泉田。昨日は連絡先聞きそびれてしもたし、それしか方法ないやろ」

彼女、わざと話そらして連絡先教えんようにしてたんですよ、とも言えずに黙っていると、千々岩が頷いた。

「真木しか接点がないんやったら、真木に頼むしかないわな」

「や、けど、真木もバイトが一緒なだけで、そんな親しいわけやないみたいでしたから。彼女の連絡先知ってるかどうか……」

「連絡先知らんでも、バイトが一緒やったら伝言はできるやろ。もういっぺん見学に来てほしいて彼女に伝えてもろたらええんとちゃうか?」

泉田は再び口を噤《つぐ》んだ。千々岩の言うことはもっともだ。理《り》に適《かな》っている。

けど俺は、真木があのコと必要以上に接触するんは嫌や。

真木は絶対に根本になびかないとわかっていても、嫌だ。

――しかし、その思いを口に出すわけにはいかない。

奥歯を噛《か》みしめていると、ぽんと千々岩に肩を叩かれた。

「真木に仲を取り持ってもらうわけやないんや。伝言頼むぐらいええやろ」

「そう、ですね」

小出の心配そうな視線を感じつつ、漸《ようよ》うそれだけを言う。

煮え切らない返事を不審に思ったのか、千々岩は眉を寄せた。が、あ、とすぐ声をあげる。

「そういやさっき、恋がどうとか言うとったな。おまえもそのコのこと好きなんか?」

「違います。俺はああいうタイプは好きやない」

きっぱりと言い切った泉田に、千々岩は面食《めんく》らったようだ。パチパチと瞬《まばた》きをする。

「そうなんか?　まあ、こんな少人数の部の中で三角関係にならんでよかったけど」

おい小出、安井もおかしいけど泉田もおかしいぞ。どうしたんや。

千々岩がこそこそと小出に尋ねているのが聞こえてきたが、反論する気にはなれなかった。

せやかて俺はほんまにおかしい。

何度もセックスがしたくなったり、そのセックスが頭から離れなかったり、過剰《かじょう》な嫉妬をしてしまったり。自分の体と感情なのに、少しも思い通りにならない。

真木はどうなんやろ。

あいつも俺みたいに、自分で自分がコントロールできんようになったりするんやろか。

泉田といるときの真木はいつも上機嫌だ。まるで葛藤《かっとう》がないように見えるが、実際のところはよくわからない。ただ、真木はセックスがしたければしたいと口に出し、好きだと思えば好きだと叫び、嫉妬したときは言葉にして想いを伝えてくる。

恋する気持ちは同じでも、思ったことを素直に言葉にしているか、いないか、という点で、真木と泉田は決定的に異なる。

おまえが好きだと口に出せば、少しはこのわけのわからない状態を脱することができるだろうか？


バスから降りた途端、冷たい風が吹きつけてきて、泉田は思わずマフラーを口許《くちもと》まで引っ張り上げた。頭上に広がる空は完璧《かんぺき》な水色で、柔らかな日差しが降り注いでいるが、今日も朝から冷えている。昼をすぎても気温はあまり上がっていない。

しかし、首元をしっかりガードしてくれるマフラーのおかげで温かかった。

ダークグリーンやネイビー、ベージュやグレーといった寒色《かんしょく》系のストライプ柄のマフラーは、真木にもらったクリスマスプレゼントだ。服にしても防寒具にしても、普段は無地を選ぶことが多いから、泉田にとってはかなり派手な部類に入る柄である。

昨日、稽古が終わった後、安井は真木にメールを送った。明日にでも見学に来てほしいと根本に伝えてくれと頼む内容に、しばらくしてから返信があった。どうやら承諾したらしい。相撲《すもう》部のメンバーと別れ、バイト先である塾へ向かう途中で真木からメールが入った。安井に伝言を頼まれたこと、引き受けたからにはちゃんと伝えること、しかし他意は全くないことが書かれていた。

昨日も言ったけど、ほんとに彼女のことは何とも思ってないから誤解しないでね。俺が好きなのは泉田君だから。

真木の誠実な想いが滲《にじ》んだメールに、じんと胸が熱くなった。

急に口に出すんは無理かもしれんけど、態度でやったら、ちょっとは素直になれる。

昨夜一晩考えて、真木からのプレゼントであることに加え、派手な柄が恥ずかしくて、クローゼットにしまい込んでいたマフラーを出してきたのだ。今日の夜、このマフラーをして真木のマンションを訪《たず》ねるつもりでいる。

泉田君は無地の服が多いから、こういうのが似合うと思う！

ニコニコと笑って言った真木を思い出す。

本当は凄く嬉しかったけれど、嬉しいとは口に出せず、ただ悪いなとつぶやいた。こちらは何も用意していなかったから、余計に狼狽《ろうばい》してしまったのだ。

俺が泉田君にあげたかっただけだから、気にしなくていいよ。だいたい、泉田君からはもうめちゃくちゃスペシャルなやつもらってるし。

何のことや、と眉を寄せると、真木はじっとこちらを見つめた。

泉田君が俺の恋人になってくれたことが、俺にとってはすげぇ特別なプレゼントだから。

まっすぐ向けられる熱い眼差《まなざ》しに、泉田は絶句した。恥ずかしくて照れくさくて、アホか、と小さく悪態《あくたい》をついてうつむくことしかできなかった。

あのとき、そんなもんプレゼントでも何でもない、そんな大層《たいそう》にありがたがるな、と言えばよかった。普通の恋人みたいに、プレゼント用意せんかった俺を責めたらええねん。そんでわがまま言うたらええ、何でも聞いたるから。そう、言ってやればよかった。

後悔に胸が痛むのを感じつつ、泉田は稽古場をめざして歩いた。

稽古場が近付いてくるにつれて人影が減ってくる。冬枯れの灰色がかった緑の山と、濃いグレーの外壁の3のA号棟、という色彩に乏《とぼ》しい風景の中に、パステルピンクがぽつんと浮いて見えた。ギクリと体が強張《こわば》る。

3のA号棟の前に、女子学生が立っていた。

あのコ、一昨日《おととい》真木と一緒に来たコや。

彼女も泉田に気付いたらしい。立ち止まった泉田とは反対に、小走りに駆け寄ってくる。

「あの、私のこと覚えてる？」

「……文学部の根本さん」

「覚えててくれたんや！」

根本は嬉しそうに笑う。近くで見ると、睫《まつげ》が長く濃いことがわかった。よく手入れされた艶《つや》やかな髪といい、ぷっくりとしたピンク色の唇といい、華奢《きゃしゃ》な体つきといい、パールがかった輝く爪《つめ》といい、何もかもがいかにも女の子、といった感じである。

なんとなく気圧《けお》されていると、根本は泉田のジャンパーの腕をつかんだ。

「ちょっと相談したいことがあるんやけど、ええかな」

「や、俺、今から稽古やから」

「五分でええから。お願い」

上目遣いの根本を振り払うのは簡単だ。が、彼女の相談の内容は気になった。

このコが真木に何かしようて言うんやったら、俺が阻止《そし》せなあかん。

恋人なら、守らなければ。

「そしたら五分だけな。その校舎のロビーに休憩所があるから、そこで話聞くわ」

それだけ言って、つかまれた腕を払う意味も込めて踵《きびす》を返す。

すると根本は慌てたように後をついてきた。

「名前、泉田君で合《お》うてる？」

「ああ」

「泉田君、真木君と仲ええんやんな？」

「まあな」

「真木君、恋人おるてほんま？」

「ほんまや」

俺がその恋人や、と心の内だけで宣言する。

ぶっきらぼうな返答が気に入らなかったのか、根本はそれきり黙ってしまった。

泉田も黙ったまま、彼女を伴《ともな》って3のA号棟へ入る。中はほどよく暖房がきいていて快適だ。コーヒーの自動販売機とソファがいくつか設置されているせいだろう、ロビーにはぽつぽつと学生の姿があった。白衣を着たまま菓子パンを齧《かじ》っている者や、ソファに寝そべっている者もいる。

泉田はスポーツバッグを斜めがけしたまま、空いていたソファに腰かけた。根本も隣に腰かける。

ただでさえ女子学生が少ないことに加え、『緑の孤島』では根本のようなタイプは珍しい。注目されるのがわかる。

「で、相談て何」

素っ気《そけ》なく問うと、うん、と根本はあくまでも可愛らしく頷いた。

「あんな、私、真木君のこと好きになってしもてん」

内緒話をするように体を寄せて言われて、カッと頭に血が上《のぼ》るのがわかった。

――落ち着け、俺。このコが真木を好きなんはわかっとったことやないか。

泉田の内心の葛藤《かっとう》に気付いていないらしい根本は、寂しげに続ける。

「けど真木君、全然相手にしてくれへんねん。今日かて、私に一人で相撲部に見学に行けて言うし……」

「行けて命令されたんか。絶対行かなあかんて?」

我知らずきつい物言いになってしまって、ハッとする。

あかん。もっと冷静にならな。

泉田の無愛想《ぶあいそう》な態度に怯《ひる》んだのか、根本は小さく口を尖《とが》らせる。

「そういうわけやないけど……」

「だいたい、恋人おったら相手にせんのは当たり前やろ。誠実な奴やないか」

真木のようにうまくはかわせなかったものの、なんとか先ほどよりは落ち着いて応じられたことに安堵《あんど》する。

すると根本はうつむいた。そしてか細い声でつぶやく。

「そうやけど。好きになってしもたんやもん……」

「そう言われても、俺にはどうすることもでけん」

「そんな、ひどい……」

ぐす、と根本が鼻を鳴らしたので、泉田はぎょっとした。泣いているらしい。

「べ、つにひどないやろ。俺にはほんまにどうにもできんし……」

「そういうことやない……、泉田君、全然わかってへん……」

周囲から視線が突き刺さってくるのがわかった。あーあ、泣かしよった。あんなカワイイ子泣かしやがって。無言の責めが聞こえてくる。

「私、そんなあかんかな……。泉田君から見ても、カワイイない……？」

項垂《うなだ》れてぐすぐすと鼻を鳴らした根本は、更にこちらに体を寄せてきた。

え、何やねん、近すぎやろ。

思わず横にずれると、今度はしなだれかかってくる。

「ちょ、何で寄ってくんねん」

思わず根本の肩をつかんで引《ひ》き剝《は》がすのと同時に、コラー！　と大きな声がロビーに響き渡った。ソファで眠っていた男が飛び起きる。

驚いて振り返ると、入口から真木が走ってくるところだった。泉田と根本がいるソファまで飛ぶように駆けてきた彼は、ぐいと泉田の腕をつかんで立たせた。突然の出来事に、されるままになる。

「ちょっと、何してんの」

泉田の腕をしっかりとつかみ真木が問いかけたのは、根本だった。

呆気《あっけ》にとられていた根本だったが、すぐに潤《うる》んだ瞳で真木を見上げる。

「相談に乗ってもろてただけや。何もされてへんから安心して？」

「はあ？　何言ってんだ、俺はあんたの心配なんかしてない。泉田君の心配をしてんだよ。泉田君にちょっかい出してたのは根本さんの方だろ」

驚くほど冷たい物言いに、泉田はまたぎょっとして真木を見た。

根本も目を真ん丸にして真木を見上げる。

自分でも少し言いすぎたと思ったのか、真木はゴホンと咳払《せきばら》いをした。が、視線のきつさはそのままに、根本をまっすぐ見下ろす。

「この際だから、はっきり言っとくね。泉田君は俺にとって凄《すご》く大事な存在なの。相撲部も、相撲部のメンバーもそう。だからあんたの勝手な都合でひっかきまわさないでほしいんだ」

静かに言った真木を見上げる根本の顔が、みるみるうちに赤くなる。

ただでさえ潤んでいた根本の瞳に、新たな涙が盛り上がるのを目の当たりにして、泉田は焦《あせ》った。真木は少しも悪くない。むしろ正しい。しかし泣かれると、こちらが不利だ。

「私、そんなつもりや……。ひどい、真木君……」

ぽろぽろと涙をこぼす根本にも、真木は微塵《みじん》も怯まなかった。それどころか、大きなため息

を落とす。

「あのさあ、わざわざ緑の孤島《ことう》まで来なくても、根本さんのこういう遊びに喜んで付き合ってくれる人、いっぱいいるだろ。そっちで好きなようにやってよ。相撲部には関わらないでくれ」

真木の言葉に、根本はふいに顔をしかめた。涙に濡れた可愛らしい面立《おもだ》ちが、一瞬で醜悪《しゅうあく》な顔に変わる。涙がぴたりと止まると同時に、彼女はソファに置いていたバッグをひっつかんで勢いよく立ち上がった。

「相撲部が大事とか、気色悪っ。ちょっと顔がええからって、ええ気になってたらあかんで。バイトの皆に、ひどい暴言吐かれたて言いふらしたるから」

「どうぞご自由に。根本さんとは一緒に働けそうにないから、どっちみち辞めるつもりだったんだ。だから言ってくれてかまわないよ」

最後の脅《おど》しも通じないとわかると、根本は力まかせに泉田を押《お》し退《の》けた。

「退《ど》いてや！　邪魔！」

忌々《いまいま》しげに吐き捨て、ブーツのヒールを響かせてロビーを出て行く。

根本が建物から出ていった数秒後、静かだった周囲がざわついた。こわっ、ウラオモテありすぎやろ、女性不信になりそう……、などとそれぞれがつぶやく。

ふいにぐいと腕を引っ張られ、呆気にとられていた泉田はハッとした。そういえば、ずっと腕をつかまれたままだったのだ。

見上げた先にあった真木の顔には、泣きそうにも見える真剣な表情が映《うつ》っていた。

「あのコは節操《せっそう》なしだって言っただろ。ああいうコはあっちに行ったかと思ったらこっちに行くんだよ、そういうの何とも思ってないんだから。泉田君、もっと警戒してよ。あんな女にひっかかってどうすんの。それともあんな女でも、あっちのがいい？　俺邪魔した？」

早口で言いつのる真木を、ちょっと待て、と慌てて止める。つい今し方根本に対していたときの冷酷なまでの落ち着きはどこへやら、その甘く整った面立ちは真っ赤だ。

「落ち着け、真木。邪魔やなんて一言も言うてへんやろ。正直、急に泣き出されてめっちゃ困ってたてん。来てくれて助かった」

本心だとわからせるために何度も頷いてみせると、真木はようやくほっと息をついた。かと思うと、今度は本当に泣き出しそうな顔になる。

「ほんとに？　ほんとに助かったって思ってる？」

「うん、ほんまに助かった。ここではちょっとアレやし、場所替えよか」

「俺、安井先輩の伝言を彼女に伝えたはいいけど、俺のいない間にめちゃくちゃくちゃされたらどうしようって凄く不安になって、それでバイト行ってる場合じゃないって思ってこっち来て、なんとなく3のA号棟覗いたら、やっぱりあのコと泉田君が一緒にいて、それで、俺、俺」

「ああ、わかったわかった。大変やったな。けどもう大丈夫やからな」

真木は決定的な言葉はひとつも口にしていないものの、なんとなくおかしな空気は伝わったのだろう。クエスチョンマークをたくさん頭上に浮かべたギャラリーに見送られ、どうにかその場を離れる。

外へ出ると冷たい風が吹きつけてきた。が、顔が熱いせいか、あまり寒さを感じない。

真木はといえば、顔を赤くしたまま尚も言いつのる。

「泉田君、俺、泉田君が俺のこと好きでいてくれるって、ちゃんとわかってるよ。泉田君は照れ屋だから口には出さないけど、側《そば》にいればわかる。伝わってくる。でもすっげぇ押せ押せで恋人になってもらったし、泉田君がまだ迷ってたのに強引にやっちゃったし、その後もなんだかんだでエッチでごまかしてるっていうか、釣っちゃってるみたいなとこもあって、俺の自業《じごう》自得《じとく》なんだけど、やっぱりどこかに不安があって、だから余計に心配になっちゃって」

そんなこと考えてたんか……。

会うときはいつもニコニコとしていたから気付かなかった。

真木も俺ほどやないかもしれんけど、けっこう右往左往《うおうさおう》しとったっちゅうことや。

顔だけでなく、体が芯からじわりと熱くなった。

嬉しいような、照れくさいような、恥ずかしいような、それでいて切ないような。全てを合わせてもまだ、何か言い足りないような感情が湧《わ》きあがってくる。

ああ、たぶん、これが愛《いと》しいってことや。

寒さから身を守るためではなく、自然と緩む頬を隠すためにマフラーを口許まで引っ張り上げると、あれ、と真木が声をあげた。

「泉田君、そのマフラー……」

「え、ああ……、クリスマスにおまえがくれたやつや」

「使ってくれるんだ」

「まあ、その、ええと、あれや、うん」

何とか真木を喜ばせることを言おうと思ったが、結局、ただ頷くだけになってしまった。

しかし真木はそれでも充分嬉しかったらしい。ぱあっと顔を輝かせる。

「ありがと、嬉しい。想像した通り、すげぇ似合ってる！」

「そうか」

ありがとう、嬉しい、似合ってる。真木の言葉のひとつひとつが眩《まぶ》しい。

泉田は己《おのれ》自身にもどかしさを覚えた。

俺も、ちゃんと思《おも》てること言わな。

大きく深呼吸をして立ち止まると、真木もつられて立ち止まる。

見上げた先の端整な面立ちは、先ほど泣き出しそうだったのが嘘のように全開の笑みに彩《いろど》られていた。

「どうしたの？」

首を傾げる仕種《しぐさ》にぐっときてしまう。

実は泉田は、真木のこの仕種が相当好きだ。

「あんな、真木。俺、おまえみたいに思てることを素直に口に出せんねん。それに、察しもあんまり良うない。けど、おまえが不安になるようなことはないから。俺もちゃんと、その、おまえのこと、好き、やから」

周囲に人影がないのをいいことに、どうにかこうにかそれだけ言う。

真木はゆっくり瞬《まばた》きをした。刹那《せつな》、ぼん、と音がしそうな勢いで真っ赤になる。

「い、泉田君っ」

「な、何や」

「帰ろう！　今すぐ帰ろう！」

「何でやねん。俺はこれから稽古あるし、おまえもバイトあるんやろ。辞めるにしたって、今日急に辞めるわけにいかんやろが」

はっ、と真木は声に出して我に返った。かと思うと子供のように地団駄《じだんだ》を踏む。

「そうだけど。そうだけどさー、俺今、すっげぇ泉田君としたいんだよー」

小さな声で囁かれた言葉に、泉田も自分の顔がますます火照《ほて》るのを感じた。

たちまち真木が与えてくれる快感を思い出した体が、期待だけで疼《うず》き出《だ》す。しかも今までにないほど甘い疼きだ。

「お、まえ、アホか……！　そんなん言うんやったら、俺かて、したいわ……」

「泉田君っ」

感極《かんきわ》まったらしい真木に抱きつかれそうになったのを、間一髪《かんいっぱつ》でかわす。

自分で自分を抱きしめるという虚《むな》しい体勢で、泉田君……、と真木が悲しそうに呼ぶ。

ああ、萎《しお》れた耳と尻尾《しっぽ》が見える。

「俺、今日はバイトないねん。稽古終わったらすぐ、おまえんち行くから」

「じゃあ夜までお預けってこと？　そんなあ……」

「どうせやったら、ゆっくり、いっぱいできた方がええやろ」

勇気を振《ふ》り絞《しぼ》って言うと、垂《た》れていた耳と尻尾が一瞬でピンと立った。キラキラとこげ茶色の両の目が輝く。

「わかった、じゃあ夜まで我慢する！」

「ちょ、大きい声出すなアホ！」


真木《まき》のマンションに着いたのは、とっぷりと日が暮れた後だ。バイトが夜の八時まで入っているとかで、うちで待っててね、と真木に渡された鍵を使って中へ入った。

絶対、帰っちゃだめだよ。急いで帰るから待っててね。

何度も念を押してきた真木を思い出しながら、泉田《いずみだ》は彼を待った。

夕食は外で済ませた。家にも今日は真木んちに泊まるとメールした。

あと、稽古《けいこ》した後、ちゃんと念入りにシャワー浴びたし、ローションとゴムの残量も確認したし。今日はまあ、ゴムはあってもなかってもどっちでもええ気もする。

準備万端《ばんたん》や。

「準備万端て……！」

自分で自分にツッこんだ泉田は、ゴン、と炬燵《こたつ》に額《ひたい》をぶつけた。

真木が好きや。けどセックスも好きや。

今か今かと真木を待つ間にも、体は期待で熱くなる。

俺はやっぱり淫乱《いんらん》なんか……。

ピンポーン、とチャイムが鳴って、ハッと顔をあげる。間を置かず、ドアが勢いよく開いた。

「ただいま泉田君！」

飛び込んできたのは真木だ。恐ろしい速さでドアの鍵をかけて靴を脱いだかと思うと、バッグを放り出して抱きついてくる。

「よかった、ちゃんといたー」

ぎゅうぎゅうと抱きしめられながら、泉田は苦笑した。

「待ってるて言うたやろが。それに鍵持ってるん俺やぞ。俺が帰ってたら、おまえどうやってうちに入るねん」

「そうだけど、あれから時間経《た》ったし、恥ずかしくなっちゃったかなと思って。泉田君が自分からいっぱいしようって言ってくれたの初めてだったから」

泉田は言葉につまった。

本当はいつも、いっぱいしたいと思っている。真木に抱かれるのは気持ちがいい。我知らずため息を落とすと、どうしたの？　と真木が覗き込んでくる。

「やっぱり嫌？」

「……嫌とちゃうわ。逆や」

「逆って？」

こてん、と首を傾《かし》げる真木に、泉田はわけもわからずカッとなった。

「俺は、今までずっと性欲弱い思《おも》とったんや。実際、自分でもたまにしかせんかった。それやのにおまえとやるようになってから、めっちゃセックス好きになって、何回もしたい思てしまう。こんなんおかしいやろ」

「え、全然おかしくないよ？　何回もしたいってことは、それだけ気持ちいいってことだろ。気持ちいいのは好きな相手とセックスしてるからで、好きな相手とやるセックスが好きって普通じゃん」

「普通、か……？」

「うん、普通。ていうかさ、要するに泉田君は、俺がすげぇ好きってことだよね。だから気持ちよさも半端《はんぱ》ないんだ。俺も泉田君とエッチするの、凄《すご》く気持ちいいから嬉しい」

弾《はず》んだ口調で言いながら、真木は自分の衣服をぽいぽいと脱ぎ捨て、泉田の服もどんどん剝《む》いてゆく。

つまり、俺はセックスが好きていうわけやのうて、真木とするセックスが好きってことか。

相手が真木やから、あんなにどろどろになるまで感じてしまうんや。

――どっちみちめちゃめちゃ恥ずかしいやないか！

口許《くちもと》を覆《おお》ったときには全裸にされ、ベッドに押し倒されていた。同じく裸になった真木の手が、胸の突起《とっき》を捕らえる。間を置かず、もう片方の突起に吸いつかれ、たちまち甘い痺《しび》れが生まれた。

「あ、真木っ……」

剝き出しの真木の肩口を、思わずつかむ。

それが拒絶ではなく、快感に耐えるためだとわかったのだろう、真木は指先で乳首を弄《いじ》りながら、舌でもう片方を転がした。

「は、あ、ん」

痛くてむず痒《がゆ》いような感覚に、腰が自然と浮く。

真木とのセックスはいつも気持ちがいいけれど、今日はなんだかくすぐったいような感覚もあって、心も体も我慢がきかない。

「真木、真木」

熱心に乳首を愛撫しながら、鎖骨《さこつ》や喉《のど》に忙《せわ》しなく口づける男の名を呼ぶ。味わうように舐められて甘嚙《あまが》みされるのが、たまらなくよかった。心臓が高鳴りすぎて壊れてしまいそうだ。

は、は、と短く息を吐いていると、顎《あご》をつたって上ってきた真木の唇に、唇を塞《ふさ》がれた。もともと喘《あえ》いでいた唇は、難《なん》なく真木の舌を受け入れる。

「ん、んう」

舌を絡めとられ、きつく吸われた。かと思うと押し戻され、口内を舐《な》めまわされる。注《そそ》がれた唾液《だえき》が唇の端からあふれるのを、熱に侵《おか》されてまともにまわらなくなってきた思考で惜《お》しいと思う。

真木のは全部、俺のや。

自《みずか》ら唇の角度を変えて、より深く重なるようにする。ちゅく、ちゅ、という淫《みだ》らな水音と、ん、ん、と己の喉《のど》から漏れる甘い声が頭の中に響いたが、やめようとは欠片《かけら》も思わなかった。ひたすら真木の与えてくれるものを貪《むさぼ》り、更に彼を求める。

真木は求めた以上の激しさで、泉田をほしがってくれた。濃厚《のうこう》な口づけを続けながら胸に手を這《は》わせたかと思うと、脇腹を撫でまわし、柔らかい耳朶《じだ》を指先でこねる。

そうして真木が触れてくる場所は、漏れなく泉田の感じる場所だった。今までのセックスで、泉田のいいところを把握《はあく》しているのだ。

や、けどもう、真木にやったらどこ触られても気持ちええ。

「……泉田君、好き。……好きだ」

ふ、と離れた唇から、情欲に掠《かす》れた声が熱っぽく囁く。

真木がわずかに上体を下げると同時に、互いの劣情《れつじょう》が触れた。ビク、と真木の腰が跳ねるのがわかる。泉田の腰も跳ねた。

俺も勃《た》ってるけど、真木のも大きいなってる。

真木の手が泉田の性器を捕らえるのと、泉田が彼の劣情に手を伸ばすのは同時だった。あとはもう夢中で互いのものを愛撫する。

「は、あ、泉田く……、すげ、気持ちい、よ……」

「俺も……、ん、あ、あっ」

先に限界を迎えたのは泉田だ。真木の手によって放たれた淫水《いんすい》が腹に散る。

わずかに遅れて真木も達した。勢いよく迸《ほとばし》ったものが、自身が放った精液で既に濡れていた腹をしとどに濡らす。

射精の余韻《よいん》に震えていた泉田は、その感覚にひどく感じてしまって、あ、あ、と小さな嬌《きょう》声《せい》を何度も漏らした。

凄い、めちゃめちゃ気持ちええ。

真木に愛撫された気持ちよさだけではなく、自分の愛撫で真木を絶頂へ導《みちび》いたことにも、かつてないほど深い満足感を覚える。

今し方達したばかりの性器が、再びゆるゆると立ち上がるのがわかった。とろりとあふれ出たものが幹《みき》をつたい、あぁ、とまた声をあげてしまう。

「泉田君、昼間、素直に言葉にできないって言ったけど、大丈夫だよ……。体は、凄く正直だから。ほら、ここなんか特に、俺のこと好きでたまらないって言ってる」

嬉しそうに言いながら、真木は雫《しずく》をこぼす泉田の性器にまた指を這《は》わせた。

びくん、と大袈裟《おおげさ》なほど腰が跳ねる。

「あ、真木っ……」

「かわいい、泉田君。すげぇかわいい」

もう一度愛撫を始めようとした真木の手を、泉田は震える指先で制した。

「ちょ、待て、そんなんしたら、また、いく」

「いいよ、何回でもいって」

「や、いやや、俺だけは、嫌や」

熱い息の合間を縫《ぬ》って訴《うった》えると、真木の手がようやく止まった。

じっと熱っぽい眼差《まなざ》しで見つめてくる真木を、はあはあと肩で息をしながら見つめ返す。

くしゃ、と真木の端整な顔が歪《ゆが》んだ。かと思うと唇に啄《つい》ばむようなキスをされる。続けて、ちゅ、ちゅ、と上気した頬や目尻にも口づけられた。情欲とは別の、甘くて熱い感情が感じられて、胸の底がくすぐったくなる。

「泉田君、何かしたいことある?」

「したいことて……?」

「セックスでしてみたいことあったら、言って。あ、もちろんしてほしいことでもいいよ。今日は全部してあげる」

砂糖と蜂蜜《はちみつ》を大量に溶かし込んだような甘い声で囁かれ、泉田は脳髄《のうずい》が痺《しび》れるような錯覚を覚えた。ただでさえ快楽に侵《おか》されていた思考力が、余計にまともに働かなくなる。

「真木……」

俺が、したいこと。

「うん? 何?」

「真木を……、俺で、感じさせたい。気持ちよう、したい」

心のままに言うと、真木が息を飲む気配がした。なぜか泉田から視線をそらして天井を仰《あお》ぐ。

「泉田君、それは反則だよ……」

「あかんか……?」

不安になって尋ねる。

すると真木は物凄い勢いでこちらに向き直った。

「いいえ！　全然あかんことないです！　あーもうかわいいな！　かわいいのカタマリだな泉田君は！」

叫ぶなり、真木は嚙みつくように口づけてきた。たちまち舌が絡《から》み合《あ》う深いキスになる。

「んっ、んん」

泉田は腕を伸ばして真木の肩を左手で抱いた。もっとしたいと伝えるかわりに、右手は彼の耳元に添える。

めっちゃ気持ちええ。真木も、気持ちええかな。

ちゅく、と水音をたてて離れた真木の唇が、泉田君、と呼ぶ。が、すぐにまたキスがしたくなったのか、押しつけるように口づけて唇を甘嚙みする。熱い吐息と柔らかな舌、硬く滑《なめ》らかな歯の感触がうっとりするほど快《こころよ》い一方で、飢餓感《きがかん》を呼び起こす。

まだ、もっと、キスしたい。

「俺も……、泉田君に、気持ちよく、ん、ふ、なってもらいたい……、から」

キスの合間に、真木が言葉を紡《つむ》ぐ。

「テストの前に……、後ろから、したじゃん……、あれ、ん、やだった……？」

首を横に振ると唇が離れてしまう。だから泉田は口づけながら言葉で応じた。

「や、やなかった……、気持ち、よかっ、ぅん」

「……じゃ、またやってい……？　後ろからだと、泉田君、楽だと思うから……」

「けど……、あのカッコやと、ん……、キスが、でけん……」

自《みず》ら舌を差し出して言うと、がぶ、とその舌に噛みつかれた。そのまま深くキスされて、口内の敏感なところを激しく愛撫される。

「んっ、ん、んう」

息が苦しかったが、やめてほしいとは思わなかった。注がれた真木の唾液《だえき》を、喉《のど》を鳴らして飲み込む。

口でするセックスみたいや……。

ぼんやりとそんなことを思っていると、ようやく唇を解放された。はあはあと荒い息を吐く。真木の息も相当上がっていた。

「今日は、いっぱいするから……。最初は、後ろからで……、その次に、前からしよっか……。キス、いっぱいできるように……」

うん、と泉田は素直に頷いた。

すると、ちゅ、と唇の端にキスされた。涙の膜《まく》が張った目で見上げた真木の顔は、嬉しそうで泣きそうだ。それなのに情欲を隠しきれていなくて、ひどく男っぽく見える。

真木にこんな顔をさせているのは自分だと思うと、興奮はいや増した。

「じゃあ、うつ伏せになって」

ん、と応じて震える腕で体を支え、ゆっくりと伏せる。

間を置かずに腰を持ち上げられ、咄嗟《とっさ》に立てた膝《ひざ》を開かされた。

羞恥《しゅうち》を覚えるより先に尻の谷間が露《あらわ》になり、真木の視線に晒《さら》される。

「凄い、もうひくひくしてる……」

「アホ、や、あっ」

指先で入口を弄《いじ》られて、高い声が漏れてしまった。

まだ真木の指は中に入ってきていない。それなのに、じんと体の奥が痺れた。

前回、真木に抱かれてから三日。そこが真木の熱さと質量を思い出すのは容易《たやす》かったようだ。

ただでさえ荒くなっていた呼吸が、ますます乱れる。

早くも蕩《とろ》けそうになっているそこを、真木に思う様突《つ》いてほしい。

「真木っ……」

先を強請《ねだ》るかわりに呼ぶと、ん、と真木が頷く。

「すぐにあげるから、待ってね」

とろっとした冷たい感触が尻に落とされた。敏感に跳ねた腰を宥《なだ》めるように尻を撫でられたかと思うと、真木の指が中へ入ってくる。どうやら二本同時に入れられたようで、内壁《ないへき》が押し広げられるのがはっきりとわかった。

「んっ、く」

「痛い？」

「へ、きや……、いた、ない……」

それどころか、気持ちよくてたまらない。

最初は死ぬかと思うほど痛くて気持ち悪かったのが嘘のように、もっと、と思ってしまう。

足りない、もっと。

言葉ではなく体が直接欲を訴《うった》えてくることに気付いたのだろう、真木は指を増やした。長い指が中を解《ほぐ》すように愛撫する。

「あっ、あっ」

「中も凄いよ……。吸いついてくる」

真木の言う通りだった。熱く蕩けた内壁が、艶《なま》めいた動きで真木の指を愛撫する。きゅ、と締めつけたかと思うと緩み、細かく波打って奥へと誘《いざな》う。

感じる場所を抉《えぐ》るようにされると、その動きは更に活発になった。

くぷ、くちゅ、とローションが粘着質《ねんちゃくしつ》な音をたてるのは、真木の指が激しく動いているせいだけではない。泉田の内部と腰がうねっているせいでもある。

もともと高ぶっていた性器が揺れて、シーツに雫を滴《したた》らせるのがわかった。喘《あえ》ぎ続けているために閉じられない口からは唾液がこぼれ落ちる。上も下もどろどろだ。

「真木、まき、も、いれ、入れて」

腰を揺らして強請ると、指が一気に引き抜かれた。それだけでも刺激になって、あう、と声

を漏らしてしまう。上体を支えていた腕が崩《くず》れ、胸がぺたりとベッドに沈んだ。腰だけを高く上げた淫《みだ》らな格好《かっこう》になってしまったが、もはやそれを恥じるだけの理性はない。

俺、自分から入れてって言うたん初めてかも……。

失った刺激を求めて蠢《うごめ》く内部に息を乱しながら、ぼんやりそんなことを思っていると、後ろにひたりと大きなものがあてがわれた。次の瞬間、それは勢いよく中へ入ってくる。

「あっ、あぁ……！」

熱い場所を押し開かれる強烈な快感に、背筋が反《そ》り返《かえ》った。

刹那《せつな》、限界まで膨《ふく》らんでいた性器が絶頂を迎える。

真木が間を置かずに動き出したので、放出しながら揺さぶられることになった。

「は、はぁ、まき、まっ、や、あ」

痛いような快感にひっきりなしに襲われ、泉田は泣きながら喘いだ。

下半身が溶けてなくなりそうなほど熱い。一方で、真木の律動《りつどう》に合わせて淫らに腰がくねるのを止められなかった。

耳を塞《ふさ》ぎたくなるような卑猥《ひわい》な水音と、肌と肌がぶつかる音、そして己のものとは思えない色めいた嬌声《きょうせい》、真木の嵐のような息遣いが室内に満ち、ますます官能を煽《あお》る。

「泉田君、泉田く……、すげ、気持ちい……！」

真木の声がかろうじて耳に届いた途端、大きく膨張《ぼうちょう》したものを受け入れていた場所が、今までになく激しく蠕動《ぜんどう》した。

低いうめき声が聞こえると同時に、真木が体内で達したのがわかる。ゴムをしていなかったらしく、迸ったものが体内を潤《うるお》した。

「あ、あっ……」

真木のは全部、俺のや。

その願いが叶って、泉田は恍惚《こうこつ》となった。先ほど二度目の絶頂を迎えたばかりの性器が、再びゆるりと頭をもたげる。真木のものを注がれた内部も淫靡《いんび》に蠢《うごめ》く。

しかし、もう一度、と強請る動きに逆《さか》らって、真木はずるりと出ていってしまった。

「や、真木っ……」

思わず呼ぶと、強い力で腰を支えられ、仰向《あおむ》けにされる。

荒い息を吐きながら見上げた真木は、上気した全身を汗に濡らし、肩で息をしていた。情欲と愛しさが交じり合った熱い視線が見下ろしてくる。

ああ、俺、真木が好きや。

間欠泉《かんけつせん》のように、激しい勢いで湧き上がってきたその想いに突き動かされ、手を伸ばす。

驚いたように目を見開いた真木だったが、やがて嬉しそうに笑ってその手をぎゅっとつかんだ。熱をもった真木の手が、己の肩に泉田をつかまらせる。

「次は、前から、ね」

切れ切れに発せられた言葉に返事をするかわりに、泉田はもう片方の手も真木の肩へと伸ばし、しっかりとしがみついた。


「泉田く―ん！」

ぶんぶんと手を振りながら駆けてくる真木に、泉田は小さく手をあげて応《こた》えた。

食堂のロビーから見える山々は、相変わらずグレーがかった緑である。空は灰色で、今にも雪が降り出しそうだ。

しかし真木の周りだけはキラキラと輝いて見える。

俺もけっこう終わってるよな……。

しかし終わっていてもいいのだ。真木とは両想いなのだから。

ゆっくり、いっぱいいしてから一週間が経った今、そう思う。

「ごめん、待った？」

「いや、俺も今来たとこや」

今日も午後から稽古がある。その前に、学内の食堂で一緒に昼食を食べようと誘ったのは泉田だ。昨日と一昨日《おととい》、互いにバイトの都合で会えなかったせいか、真木は二つ返事で了承した。

真木はカフェのバイトを続けている。根本《ねもと》が辞めたので、辞める必要がなくなったらしい。どうやら根本はバイト先で、真木以外の同僚にも言い寄ったり、男性客を物色《ぶっしょく》したりして、トラブルメーカーになりつつあったようだ。店長は最初、彼女の味方をしていたようだが、苦情の数が増えたことで、ようやく目が覚めたという。

根本が真木に何かするのではないかと心配になって、大丈夫かと尋ねると、大丈夫だよ、と彼はけろりと答えた。彼女、ああいうコだろ。だから大学でも相手にされてないみたいでさ、悪口言いふらしたとしても誰も信じないって岸谷《きしたに》が言ってた。それにまた別のターゲットを見つけたみたいだから、そっちに夢中になって、俺のことなんかとっくに忘れてるよ。

根性はあるけれど基本はアホな犬だとばかり思っていた泉田の恋人は、実はなかなか肝《きも》の据《す》わった強い男だったようだ。

ちなみに安井は根本が一向《いっこう》に見学に来ないので、二、三日はふられたと落ち込んでいたものの、今はすっかり立ち直っている。

「今日もそのマフラー、してきてくれたんだ」

首に巻いたマフラーを見て、にへ、と真木が嬉しそうに笑う。

まあ、俺の前やとやっぱり駄犬《だけん》っぽいんやけど。

「ああ、うん。その、今日も寒いし、あれや。気に入ってる、から」

恥ずかしいのを我慢してどうにかこうにかつぶやくと、真木はますます頬を緩めた。

「そうなんだ、嬉しいなあ。ここもけっこう寒いね。中入ろうか」

真木が食堂の中へ足を向けたのを、泉田は彼の腕をつかんで止めた。

「ちょっと待て」

「どうしたの？」

「ちょっと来い」

ぐいと腕を引き、ロビーの片隅へ移動する。

春休み真っ只中の午前十一時、しかも暖房があまり効いていないとあって、周囲に学生の姿はない。

よし、狙い通りや。

今日、真木を食堂へ誘ったのは、単に昼食を一緒にとりたかったからだけではない。

どうしても渡したいものがあったのだ。

改めて周囲を見まわして人がいないことを確認した泉田は、斜めがけにしていたスポーツバッグから黒い包装紙に包まれた小さな箱を取り出した。そしてそれを真木に押しつける。

「やる」

「え、くれるの？　ありがとう」

慌てて受け取った真木は、じっと箱を見下ろした。黒は黒でも、墨《すみ》色の上品な包装紙だ。しかも渋い赤のリボンが飾られている。

いかにもプレゼントですといった箱が急に恥ずかしくなってきて、真木、と泉田はぶっきらぼうに呼んだ。

「見てんと、早《は》よしまえ」

「泉田君」

「何や。ほら、早《は》よしまえって」

「今日って、二月十四日だよね?」

「……ああ」

「バレンタインデー、だよね」

「……そうやな」

「これ、チョコだよね?」

わざわざ聞くなボケ! と怒鳴《どな》りそうになったのを我慢したのは、院生とおぼしき白衣の集団がロビーに入ってきたからだ。

しかし顔が真っ赤になるのは止められない。

デパートの地下街でチョコレートを買ったときも、顔が真っ赤になってしまった。

二日前、クリスマスプレゼントは渡せなかったから、せめてバレンタインデーはこちらから贈りたいと思ってデパートへ出かけたのだ。が、友チョコや自分チョコ等、様々な意味合いのチョコが存在しているとはいえ、バレンタインデーの主役は基本的に女性であることをすっかり忘れていた。見事なまでに女性だらけの売り場でチョコを買うのは、うわあああ！　と叫んで逃げたくなるほど恥ずかしかった。

「わー、うわー……、どうしよう、すっげぇ嬉しい……！」

真木はぎゅうっと箱を胸に抱きしめた。

「ありがとう泉田君、大事にするね！」

「アホ、大事にすんな。ちゃんと食え」

「うん、食べる。大事に食べるよ。ありがと」

えへへと笑った真木は涙目になっていた。

たかがチョコでそんな感動されても……。

あきれる一方で、がんばって買いに行った甲斐《かい》があったと嬉しくなる。

「俺もね、今日泉田君に渡そうと思ってチョコ持ってきたんだ」

チョコを胸に抱いたまま照れくさそうに言った真木に、え、と思わず声をあげる。

「そうなんか？」

「そうなんだ。けど、俺がチョコ買うのと泉田君がチョコ買うのとでは、ハードルの高さが全然違うよね。泉田君、このチョコ買うの大変だっただろ」

「いや、別に。どうっちゅうことなかったけどな」

素《そ》っ気《け》なく言って視線をそらしたことが、真木には肯定《こうてい》と受け取られてしまったようだ。さも嬉しそうにニッコリ笑う。

「後で俺のも渡すね」

「……ああ」

「好きだよ、泉田君」

声を落として囁かれ、ただでさえ熱い頬が、更に温度を上げる。

泉田は真木から目をそらしたまま、小さな小さな声でつぶやいた。

「俺も、好きや」

あとがき

久我有加

本篇より先にあとがきを読まれている方。もしいらっしゃいましたら、今回はいきなり激しくネタバレしますのでご注意ください。


本書の受は相撲《すもう》部員です。

なぜ相撲部員なのか。

それは私が相撲好きだからです。

子供の頃から相撲が好きで、毎場所、大相撲の中継を見ていました。もちろん今も見ています。わんぱく相撲や学生相撲、アマチュア相撲も、テレビで放送があれば見ます。

それにしたって、なんで攻じゃなくて受が相撲部員なの？　と疑問に思われた方もおられることでしょう。理由は単純です。私が細マッチョ受好きで、なおかつギャップモエ持ちだからです……。つまり本書は、私が好きなものとモエをぎゅうっと詰め込んだ話なのでした。「ひと目惚れ」特集のために書いた物語でしたが、執筆は非常に楽しかったです。

読んでくださった方に、少しでも気に入っていただけるよう祈っています。

わたくし久我のブログ（http://kugaarika.blog.fc2.com/）に本書の番外篇をアップする予定

です。もしよろしければ覗いてやってください。

最後になりましたが、お世話になった皆様方に感謝申し上げます。

本書に携《たずさ》わってくださった全ての皆様。ありがとうございます。特に担当様にはたいへんお世話になりました。これからもがんばりますので、よろしくお願いいたします。

素敵なイラストを描いてくださったカキネ先生。お忙しい中、挿絵《さしえ》を引き受けてくださり、ありがとうございました。真木《まき》をカッコかわいく、泉田《いずみだ》を色っぽい男前に描いていただけて、とても嬉しかったです。細マッチョな泉田のかっこよさに、ドキドキいたしました。

支えてくれた家族。いつもありがとう。

そして、この本を手にとってくださった皆様。貴重なお時間をさいて読んでくださり、ありがとうございました。心より感謝申し上げます。もしよろしければ、ひとことだけでもご感想をちょうだいできると嬉しいです。

このあとがきの後にショートストーリーが収録されています。社会人になった真木と泉田の話です。あともう少しだけ、二人にお付き合いくださいませ。

それでは皆様、お元気で。

二〇一三年七月　　久我有加

恋の送り出し

達弘《たつひろ》は鼻歌まじりに冷蔵庫を開け、缶ビールを二つ取り出した。

九月も後半に入ったというのに、昼は真夏の暑さだ。夜はこころなしか涼しくなった気がするが、それでもまだまだ蒸し暑い。

リビングへと移動した達弘は、ローテーブルの上に缶を二つ並べた。先に用意しておいた酒の肴《さかな》は漬物である。キュウリとニンジンの浅漬《あさづ》けと薄味の沢庵《たくあん》。どちらも恋人の好物だ。

一応冷房がきいているが、室内はそれほど涼しくはない。高めの温度設定と扇風機《せんぷうき》で冷やしているのは、恋人が冷えすぎた部屋を嫌がるからだ。

バスルームのドアが開く音が聞こえてきて、達弘は頬が緩《ゆる》むのを感じた。

泉田《いずみだ》君と会うの、一週間ぶりだ。

二年前、達弘は酒造《しゅぞう》メーカーに、泉田は食品会社に就職した。一応二人とも大阪で勤務することになったので遠距離にはならなかったが、学生の頃のように頻繁《ひんぱん》には会えない。

土曜の今日も達弘は休みだったが、泉田は夜遅くまで仕事だった。泉田は自宅へ帰らず、直接達弘のマンションに寄ってくれたのだ。明日は二人とも休みだから、今夜を含めてゆっくりとすごす予定である。

ちなみに岸谷《きしたに》は東京、小出《こいで》は名古屋、安井《やすい》は京都、千々岩《ちぢいわ》は大阪でそれぞれ暮らしている。去年、合コンで知り合った看護師の女性と結婚した千々岩とは、今も時折飲みに行く。

「あー、さっぱりした。真木《まき》、風呂サンキュー」

脱衣所から出てきた泉田に、達弘は軽くのけぞった。彼は上半身裸だったのだ。

「ちょっと泉田君、ちゃんと服着ないと」

「ああ？　別にええやろ。まだ暑い」

卒業してからも、たまに相撲《すもう》部OBとして大学で稽古《けいこ》をしている彼の体は相変わらずひきしまっているが、体重は少し落ちた。きれいな筋肉がより一層際立《いっそうきわだ》ち、シャープになった輪郭《りんかく》と相俟《あいま》って、達弘の好みど真ん中の容姿《ようし》に、ますます磨《みが》きがかかっているのだ。

「ダメダメダメ。ダメです。そんな格好《かっこう》してると、ビール飲む前に襲っちゃうよ」

赤くなっているのを自覚しつつ言うと、泉田は心底あきれたような顔をした。

「おまえ……、あんだけ大学んときに稽古見に来とったんや、ええ加減俺の上半身なんか見飽きたやろ」

「前から何回も言ってるけど、まわしつけてる泉田君は、一応皆が見てもいい泉田君だからいいの。でも今の泉田君は、俺の泉田君だから。鼻血噴きそうなぐらいエロく見えるから今すぐ服着てください」

達弘は真顔で言い切った。事実だ。大学一年のときに一目惚《ひとめぼ》れから始まった恋は、いまだ微《み》塵《じん》も熱量を減らすことなく続行中である。否、社会人になって離れている時間が増えたせいで、想いは更に深まったかもしれない。できることなら一日中くっついていたいし、キスもセックスも毎日したい。

泉田は、はー、とため息を落とした。めんどくさいやっちゃなあ、とつぶやきながら手に持っていたTシャツを乱暴にかぶる。

彼の形の良い耳が赤くなっているのを、達弘は見逃《みのが》さなかった。

泉田も、達弘のことを変わらずに好きでいてくれる。彼の行動や仕種を見ていれば、そのことが充分伝わってくる。

口は素直じゃないけど、他はびっくりするぐらい素直なんだよな。

「お、旨《うま》そうやな」

ちゃんとTシャツを着て隣に腰かけた泉田が、嬉しそうに言う。

「沢庵は市販のだけど、浅漬けは俺が作ったんだよ。まあ作ったって言っても、野菜切って浅漬けの素《もと》につけただけなんだけど」

「手間かかってるやないか。ありがとう」

「いいえ、どういたしまして！」

泉田君のこういうとこも好きだなあ、と思う。してもらったことにはきちんと礼を言う。しかも達弘が泉田のためにしたことに対して、自分なりになんとか返そうとするのだ。決して器用ではないが、優しい彼のお返しは、いつも達弘を驚きと幸せで包んでくれる。

いただきます、と軽く頭を下げた泉田は、早速箸《さっそくはし》をとって浅漬けを頬張《ほおば》った。

「ん、旨い」

「そう？　よかったー」

自然と笑《え》み崩《くず》れながら、缶ビールのプルトップを開ける。

泉田も缶ビールを呷《あお》り、安堵《あんど》したようなため息を落とした。

「仕事、忙しそうだね」

「んー、まあな。ちょうど今新商品のキャンペーン張ってる最中やから。まだまだ下《した》っ端《ぱ》やしいろんな雑用やらされてるわ。おまえも忙しいんやろ」

「そこそこね。でも今日は休みだったし、明日も休みだし」

社会人二年目は、ようやく会社に少し慣れたというだけで、あまり一年目と変わらない気がする。一年かそこらで、急に仕事ができるようになるわけではない。

泉田はパリパリと音をたてて旨そうにキュウリの浅漬けを食べた後、思い出したように口を開いた。

「今週は仕事もやけど、家でもいろいろあってな」

「え、そうなの？　何があったか聞いてもいい？」

遠慮がちに尋ねた達弘に、泉田はなぜか目を丸くした。

何？　という風に首を傾げると、苦笑が返ってくる。

「聞いてええに決まってるやろ。おまえに聞いてもらいたい思《おも》たから話題に出したんや。妹が妊娠して、結婚することになってん」

「ええっ、葉月《はづき》ちゃんが？　マジで？　だってまだ大学生だろ？」

「うん。相手の男もちょっと年食うてるけど院生や。イギリスから来た留学生で、お祖母《ばあ》さんが日本人のクォーターなんやと。珍しいオトンがカンカンで、もちろん祖父《じい》ちゃんもカンカンで、葉月と挨拶《あいさつ》に来た相手を二人がかりで張り倒しかねんかったから、オカンと祖母ちゃんと俺と弟で必死で止めてん。葉月も妊婦のくせに殴り返しそうな勢いやったから、そっち止めるんも大変やった」

学生時代に何度も泊まりに行ったので、泉田の家族とは顔見知りだ。泉田の祖父が頑固《がんこ》なことも、葉月に鉄火《てっか》で無鉄砲《むてっぽう》なところがあることも知っている。

が、高校で教員をしている泉田の父は穏《おだ》やかな人で、いつ行ってもにこやかに迎えてくれたから、カンカンに怒っているところなど想像できなかった。よほどショックだったに違いない。

「そ、それでどうなったの？」

「葉月の相手、お祖母さんの影響で日本固有の農作物とか植物に興味があって、こっちに勉強に来たらしいてな。うちに養子に入って農業やることになった。まあうちはもともと母系《ぼけい》の家やし、周りにも都会に出て帰って来ぇ《け》へん長男のかわりに妹夫婦が跡取りになってる家がけっこうあるから。ちょっと時期が早《は》よなっただけで、そんな違和感はないわ」

「そうなんだ……」

泉田の家がけっこうな広さの田畑を持っていることは、以前に聞いて知っていた。いわゆる兼業《けんぎょう》農家だ。主に祖父母が世話をしているらしいが、今は大部分を業者に委託《いたく》しているという。葉月の夫となる人物が家に入れば、委託をやめて自《みずか》ら田畑をやることになるのだろう。

「俺は家を出ることにした」

ふいに言われて、え、と思わず声をあげる。

「何で？」

「何でて、跡取りでもない長男が家におったら邪魔やろ。もともと職場まで遠かったから、ええ機会や思《おも》て」

うんと頷いた泉田はビールを呷った。

そうか、泉田君、一人暮らしするんだ……。

むくむくむく、と今まで口に出さないようにしてきた欲求が喉元《のどもと》までせり上がってくる。それをビールを飲むことで押し戻し、達弘はできるだけさりげなく尋ねた。

「いつ引っ越すの？」

「まだ具体的には決めてへん。まずは不動産屋まわって物件探さなあかんしな」

「そっか、そうだよね。あ、俺、不動産屋まわるの付き合うよ。一人より二人の方が、いろんな見方ができていいと思う」

「頼むわ。忙しいのに悪いな」

「そんなの全然いいって。やっぱり会社の近くがいい？」

「そうやな。けど近すぎると、休みでも切り替えができんから嫌かも」

「確かに、あんまり近いのはちょっとね」

「真木」

「はい？」

応じた声が必要以上に大きくなってしまったのは、自分の望みを言おうか言うまいか、内心で激しく葛藤《かっとう》していたからだ。

慌てて見遣った泉田は、楽しそうに笑っていた。

キリッとした端整《たんせい》な面立《おもだ》ちに浮かぶその温かな笑みに、ぎゅん、と胸が鳴る。

「思《おも》てること言うてみぃ」

「……言っていいの？」

「ああ。俺も言うから」

「じゃあ、じゃあ言うね」

達弘は深呼吸した。そして思い切って口を開く。

「泉田君、一緒に暮らそう」

「真木、一緒に暮らそう」

自分の声と泉田の声がぴたりと重なって、達弘は瞬《まばた》きをした。

次の瞬間、腹の底で歓喜が爆発する。

「い、泉田君、泉田君、ほんとに？」

勢いよくつめ寄ると、泉田はあきれたような、それでいて照れくさそうな表情を浮かべた。

「こんなことで嘘つくか。二人で暮らす部屋、探すぞ」

うん！　と大きく頷いた達弘は、我慢できずに泉田に抱きついた。拒絶されるどころか、柔らかく背中に手をまわされて、いよいよ嬉しくなる。

「泉田君、好き！」

「……俺も」

ぶっきらぼうながらも返ってきた返事に、ぎゅん、とまた胸が鳴った。

ああ、俺はほんとのほんとに泉田君が大好きだ！

D E A R + N O V E L

恋の押し出し《こいのおしだし》

この本を読んでのご意見、ご感想などをお寄せください。
久我有加先生・カキネ先生へのはげましのおたよりもお待ちしております。
〒113-0024　東京都文京区西片2-19-18　新書館
[編集部へのご意見・ご感想] ディアプラス編集部「恋の押し出し」係
[先生方へのおたより] ディアプラス編集部気付　○○先生

初　出
恋の押し出し：小説DEAR+ 12年アキ号（Vol.43）
恋の上手投げ：書き下ろし

新書館ディアプラス文庫

著者：**久我有加**［くが・ありか］
初版発行：**2013年 8 月25日**

発行所：**株式会社新書館**
［編集］〒113-0024　東京都文京区西片 2-19-18　電話(03)3811-2631
［営業］〒174-0043　東京都板橋区坂下 1-22-14　電話(03)5970-3840
［URL］http://www.shinshokan.co.jp/
印刷・製本：**図書印刷株式会社**

定価はカバーに表示してあります。乱丁・落丁本はお取替えいたします。

ISBN978-4-403-52331-1

S H I N S H O K A N